KB126530

목소리를 높여

high!

목소리를 높여 high!
ⓒ 악동뮤지션 2014

초판 1쇄　2014년 4월 20일
초판 7쇄　2022년 1월 20일

지은이 | 악동뮤지션
발행인 | 정은영
책임편집 | 한미경
디자인 | 땡스북스 스튜디오
포토 | 용장관 스튜디오 홍장현, 김희준
제작 협력 | YG 엔터테인먼트

펴낸곳 | 마리북스
출판등록 | 제2019-000292호
주소 | (04037) 서울시 마포구 양화로 59 화승리버스텔 503호

전화 | 02)336-0729, 0730
팩스 | 070)7610-2870
Email | mari@maribooks.com
인쇄 | 지엠프린테크(주)

ISBN　978-89-94011-44-8 (03810)

열림과 성장의
악동뮤지션
음악 에세이!

목소리를 높여 high!

악동뮤지션 지음

마리북

차례

꿈의 기회를 만들었던 시간들

찬혁 : 우리는 참고 기다렸다. 몽골이란 나라에서 우리는 가난한 외국인이었다. 학교 대신 홈스쿨링을 선택할 수밖에 없을 정도로, 삶에서 할 수 있는 것보다 할 수 없는 게 더 많았다. 무엇보다 수현이에게는 꿈이 있었지만, 나는 내 꿈이 무엇인지조차 몰랐다. 하루하루가 이겨내야 하는 일, 견뎌야 하는 일투성이였다. 우주만큼이나 어두운 중학생 시절을 나는 몽골에서 보냈다.

그래도 행복했다. 은하 멀리에 별이 있으니까. 그 반짝반짝 빛나는 별처럼 나도 꿈이라는 걸 발견할 수 있을 것이라 믿었다.

오디션 무대를 통해 가수가 되는 것. 우리라서 그 행운을 거머쥔 게 아니다. 우리도 오디션 무대에 서기 전에는 미래를 고민하는 평범한 십대였다. 다만 우리가 가진 건 "그래, 한번 해봐." "정말 멋있다!"라고 용기를 북돋아주는 부모님의 한마디였다. 이것도 해봐, 저것도 해봐라고 부모님이 이끌어주지 않았다면 우리는, 아니 나는 아무것도 하지 못했을지 모른다.

아무것도 하지 않으면 기회를 얻지 못한다. 지금은 몽골에서 보낸 하루하루, 무엇보다 힘들었던 하루하루가 감사하다. 꿈의 기회를 만드는 시간이었으니까. 그러니까 그때의 나처럼 지금 고민을 가득 안고 있다면 기회를 만들 시간이 된 거다.

"꿈의 기회를 만들어!"

그러면 자신감이 생길 것이고, 전혀 몰랐던 숨겨진 재능을 발견할 수 있을지도 모른다. 좌절하고 있다면 바로 지금이 시작할 시간이다.

수현: 전 오빠한테 얹혀 갈게요.

2014년 4월
악동뮤지션

part1
아, 못난이!

못나지 않아 아니 못나도 좋아
난 네 자체 네 모든 게 좋은걸
내 눈에 이쁘면 됐지
다른 애들이 널 놀리면 혼내줄게
너 어쩜 그리 못났니
너 어쩜 그리 못하니
툭하면 넌 못난이라고 부르는데
너 혹시 이 사실 아니
어? 혹시 알고 있었니
넌 내가 본 여자 중 제일 이뻐

못나지 않아 아니 못나도 좋아
난 네 자체 네 모든 게 좋은걸
내 눈에 이쁘면 됐지
다른 애들이 널 놀리면 혼내줄게
못하지 않아 아니 못해도 좋아
난 네 자그만 행동 다 좋은걸
내 눈에 귀여우면 됐지
다른 애들이 널 놀리면 혼내줄게

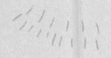

못난이, 진심 못난이

수현

못나지 않아 못나도 좋아. 어느새 우리 노래 '못나니'가 오빠와 나를 가리키는 말이 되었다. 오빠한테 물어본다.

"오빠, 이 노래 나를 위해 만들었어?"

오빠는 어느 날은 "응"이라고 했다가 또 어느 날은 "아니"라고 대답한다. 나는 생각한다.

'오빠가 이 노래를 만들 때 좋아했던 사람이 못난이였나?'

내 코는 아주 작다. 사람들은 "수현아, 너를 똑 닮은 사람이 있어"라며 코가 납작한 못난이 인형 사진을 보내준다. 그런데 이를 어쩌나, 내가 보아도 못난이 인형의 코랑 내 코랑 너무 닮았다! 양현석 사장님도 어느 날, "수현아 코가……?" 하면서 웃으셨다. 깜짝 놀라 서 있으니 "정말 귀엽다"라고 하셨다. 그래도 다행이다. 다들 못생겼다가 아니라 작아서 귀엽다고 해주어서.

나도 코가 좀 더 오뚝하고 예뻤으면 좋겠다. 방송에 출연하면서 화장을 하니까 얼굴이 예뻐 보였다. 특히 코와 뺨에 하이라이트를 하니까 훨씬 나아 보였다. 그때부터 외출할 때 비비크림을 바르고 코에 살짝 하이라이트를 했다. 그렇게 하면 멀리서도 코가 반짝반짝 빛나 보인다. 그럴 때면 엄마가 눈을 가늘게 뜨고 물어본다.

"너 또 그거 했지?"

"아, 아니요? 안 했어요."

아니라고 우겨보지만 엄마는 티가 난다고 했다. 허둥지둥 지우는 척하지만, 예뻐지고 싶은 건 어쩔 수 없는 마음이다.

성형에 대해서 잘 아는 언니에게 내가 성형을 하면 어떨까 물어본 적이 있다. 언니는 1초도 안 돼 대답했다.

"수현아, 넌 코를 하면 눈도 해야 하고, 그러다보면 다 해야 하니까 그냥 살아."

'아, 나는 이 작은 코로 그냥 살아야 하는구나!'

아쉬움 반, 안심 반인 묘한 마음이 되었다. 어릴 때 커서 성형을 해야겠다고 생각하기도 했다. 만나는 사람들마다 코를 높이면 예

뻘 거라고 말해서다. 그래서 나도 모르는 사이 이다음에 코를 높여야겠다고 생각했던 모양이다. 언젠가 무심코 "엄마, 나중에 코 높일래요"라고 했더니 엄마가 정색을 했다.

"수현아, 너는 지금 그대로가 가장 예뻐!"

'지금 그대로가 예쁘다'는 말을 계속 들어서인지 이제는 정말 그런가보다 생각하게 되었다. 못생겼다는 말을 자꾸 들으면 '정말 못생겼다'고 생각하게 되려나? 팬들도 내가 만약 코를 높이면 팬클럽을 탈퇴할 거라고 말한다. 팬들도 엄마처럼 나의 지금 그대로를 사랑한다는 말이다.

나도 안다. 내가 예쁜 얼굴은 아니지만 나만의 매력이 있다는 것을.

'예쁘다는 기준은 시대에 따라 변하지만 매력은 시대를 초월해.'

나는 예쁘게 보이고 싶을 때는 이렇게 생각하고 방긋 웃는다. 자신감은 아주 중요하다. 얼굴에 환한 미소를 만들어준다.

세상에는 나를 못난이라고 생각하는 사람들이 있다. 누구든 자신의 기준에 따라서 판단하니까. 나를 못난이라고 말하는 사람들에게 '나 예쁘게 봐주세요'라고 하고 싶지는 않다. 그보다 나를 예뻐해주는 사람들과 지금 이 순간 행복하게 지내는 게 더 소중하다.

나는 내 얼굴이 마음에 든다. 작은 코는 큰 눈보다 작은 눈과 어울리는 것 같다. 지금 얼굴에 코만 오뚝하면 내가 생각해도 어색할 것 같다. 못난이라는 말도 계속 들으니 사랑스럽다. 못난이라는 말 속에는 그 사람을 향한 사랑과 관심이 듬뿍 담겨 있으니까. 작은 코, 작은 눈도 자꾸 보니 사랑스럽다. 자꾸 보면 사랑스러운 것도 못난이의 장점인 것 같다. 오늘도 내 귀에는 사람들의 목소리가 들린다.

아, 못난이

진짜 못난이

진심 못난이

정말 못난이

튀고 싶어!

찬혁

몽골 울란바토르에 있는 MK스쿨, 초등학교 6학년 교실에는 대여섯 명의 학생들이 둥글게 앉아 있었다.

평소에 나는 말을 잘 하지 않는다. 조용한 성격의 사람들에 대해서 사람들은 선입견을 갖고 있다. 얌전할 것이다, 눈에 안 띌 것이다, 소극적일 것이다 등등. 까칠하고 무뚝뚝한 아이로 보이는 까닭에 다른 사람들이 내게 다가와 말을 걸기까지는 시간이 좀 걸린다. 사실 나는 누구보다 노는 것 좋아하고 튀는 것 좋아한다.

학교에 간 첫날부터 쉬는 시간에 괜히 교실 여기저기를 돌아다니며 정체 모를 춤을 추다 슬쩍 자리에 앉곤 했다. 친구들이 '쟤, 뭐야?' 하는 표정으로 이상하게 바라보아도 아랑곳하지 않았다. 내가 노린 것은 바로 친구들의 그런 반응이었으니까.

어느 날부턴가 힐끗힐끗 쳐다보던 아이들이 나를 둘러싸고 구경을 했다. 그렇게 나를 알게 된 친구들이 많았다.

학교에서 수업이 끝나거나 교회에서 모임이 끝나면 난 항상 눈에 제일 잘 띄는 무대 위로 올라갔다. 딱히 특별한 행동을 하려던 건 아니었다. 쉬더라도 무대 위에서 쉬고 싶어 의자를 가지고 올라갔고, 그러다 종종 마이크를 쥐었을 뿐이다.

길을 갈 때도 그저 오른발 왼발을 차분히 내밀며 걷지 않았다. 발끝에서부터 에너지가 올라와, 마치 강가에서 놀고 있는 새의 모습을 흉내 내듯 춤을 추며 걸었다. 스쳐 지나가는 사람들처럼 평범한 실루엣을 만들지는 않았다.

무엇을 하든 평범하지 않은 2퍼센트를 덧붙이는 버릇은 한국에 있을 때부터 그랬다. 초등학교 5학년 때쯤이었다. 선생님이 칠판에 '선입견'이라는 단어를 적었다. 나는 대뜸 "개의 종류……?"라고 했다가 선생님 어깨에 자루처럼 걸쳐져 엉덩이에 불이 나도록 맞았다.

몽골의 교실에서도 비슷한 일이 벌어졌다. 한국은 요즘 폭력 금지로 체벌을 하지 않는다고 하는데 몽골은 그렇지 않았다. 나는 하루도 그냥 지나가지 못했다. 선생님은 '또 너야?' 하는 표정으로 내 이름을 불렀다.

"이찬혁!"

나는 무덤덤하게 책상 위로 올라가 엎드려뻗쳐를 하고 발바닥을 내밀며 온갖 웃기는 포즈를 취했다. 그런 나를 보며 친구들도 웃고 선생님도 웃으셨다. 웃기고 싶은 욕심도 있었지만 정색을 하고 맞으면 분위기가 싸늘해지고, 그러면 선생님도 진심으로 혼내실 것 같아서 일부러 오버했다.

친구들은 내가 튀는 행동을 할 때 최대한 내 주위에서 떨어지려

고 했다. 나의 넘치는 행동들이 친구들을 부끄럽게 만들었던 것 같다. 하지만 어느 순간부터 학교에서 나랑 같이 행동하고 말하는 친구들이 많아졌다. 함께 춤추고 노래하고 기타 치며 무대에 서기도 했다. 나 때문에 학교 분위기가 바뀌었다고 할 수는 없지만, 내 튀는 행동에 친구들이 함께 즐거워했던 것은 부인할 수 없다.

입 벌린 벙어리

찬혁

몽골은 모든 것이 낯선 외국이었다. 학교도 《걸리버 여행기》에 나오는 나라처럼 이상하면 어떡할까 걱정이 많았다. 소인국과 대인국을 오가며 어디에도 적응하지 못하는 걸리버. 그런데 학교에서 한국 친구들과 어울릴 수 있다니! 그야말로 학교는 나의 인생에 최고로 멋진 장소 중 하나였다. 몽골어를 잘 못하는데, 내 주변에 몽골어를 잘하는 한국 친구들이 있는 것도 참 다행스러운 일이었다.

그런데 반전이 기다리고 있었다. 이 몽골의 한국 학교에서 가장 중요하게 생각하는 과목은 뜻밖에도 영어였다. 영어 알파벳도 다 외우지 못한 채, 유치원 때부터 영어를 배운 아이들과 함께 수업을 들었다. 영어 때문에 다른 과목 수업도 도저히 따라갈 수가 없었다. 매일 두세 시간씩 영어 수업이 있었는데, 그때만 되면 나는 입 벌린 벙어리처럼 멍

하니 앉아 있었다. 한국에서도 나는 영어학원을 다니지 않았다. 친구들은 자유인이라고 부러워했지만, 나는 조금쯤은 그 애들이 부러웠다. 갑갑한 영어 실력 때문에 친구들이 20분에 할 숙제를 3시간이 걸려서 했건만 답이 다 틀릴 때도 많았다.

　부모님이 도와주겠다고 했지만 그런다고 해결될 문제가 아니었다. 나는 이삿짐 박스 같은 방에 틀어박혀서 밖으로 나갈 엄두도 내지 못하고 숙제와 씨름했다.

　영어 시간만 되면 나는 외국인 정도가 아니라 지구에 사는 외계인이 된 것 같았다. 한국말을 사용하면 벌점을 받는 제도 때문에 바로 옆에 한국 친구들이 앉아 있는데도 도움을 청할 수 없었다. 지금 생각하면 그게 뭐라고…….

영어 시간이 되면 목이 마르고 머리가 지끈지끈 아파왔다. 온몸이 긴장되었다. 영어를 가르쳐주시던 필리핀 선생님이 나를 지목할 때면 심장이 쪼그라들었다.

'왜 인간들은 바벨탑을 쌓아 서로 외국인이 되었을까? 그렇지 않았다면 모두 하나의 언어를 썼을 텐데 말이야.'

학교 수업을 마치고 집에 와도 힘들기는 마찬가지였다. 오후 4시부터 진짜 공부가 시작되었기 때문이다. 학원에 가지 않아도 학원 다니는 아이들보다 늦게까지 공부를 했다. 숙제만 겨우 하는데도 밤 늦게까지 시간이 걸렸다. 수현이는 대충대충 알아서 하는 눈치였지만 나는 그러지 못하고 틀리면 계속 다시 했다.

중학교에 가자 상황은 더욱 심각해졌다. 영어를 모르니 교과서를 읽을 수 없었다. 내 자존심은 날개 꺾인 새처럼 추락했다.

'얼마나 공부해야 영어가 귀에 들릴까?'

영어라는 괴물은 나의 학교생활을 점점 괴롭게 만들어가고 있었다. 아니, 내 인생 자체를 조금씩조금씩 흔들고 있었다.

영어권 나라에서 태어나서 따로 공부하지 않아도 영어를 잘하는 친구들이 얼마나 부러웠는지 모른다. 눈이 있어도 읽지 못하고 입이 있어도 말하지 못할 때마다 내가 외국인이라는 것을 뼛속까지 느꼈다. 몽골에서 몽골어를 못한다고 외국인이라고 느끼지는 않았는데……

가요 금지 ⊘

찬혁

I I I I like the real 쉿

You You You You like the real 쉿

I I I I like the real 쉿

Me and my crew can only

bust with the real 쉿

빅뱅의 '라라라lalala'는 사춘기 문턱에 있던 나를 충전 상태로 만들어놓 았다. '라라라'가 들리는 순간 에너지가 무한 생산되었다. 블랙아웃이 없는 신재생 에너지였다. '라라라'는 나한테는 일대 사건이었다. 내가 처 음 접한 가요였기 때문이다. 아마 그전에도 가요를 들었을지 모른다. 그 러나 기억에 남아 있지 않으므로 '첫 곡' 자리는 '라라라'의 차지가 되

었다. 이 노래를 알려준 건 막내 이모다.

'라라라'는 이전에 듣던 동요와는 다르게 몸을 들썩이게 하고, 노래를 듣고 있으면 내가 멋진 사람이 된 것 같았다. 한창 빅뱅의 '거짓말'과 원더걸스의 '텔미tell me'가 유행할 때 나도 그 춤을 따라 하곤 했다. 아마 그때부터 mp3에 '빅뱅'이란 폴더를 따로 만들어서 나오는 곡마다 다운받았던 것 같다. 하지만 몽골에서는 한국 가요를 접할 기회가 드물었다.

내 또래의 어떤 아이들에게 가요를 듣는 건 새로울 것도 없는 일이다. 심심하고 지루할 때 노래는 가장 쉽게 접할 수 있는 것이니까. 그러나 나에겐 전혀 새로운 일이었다. 그전까지 우리는 동요를 듣고 자랐으니까. 나는 나답게, 그러니까 어린이는 어린이답게 자라야 한다는 게 부모님의 철학이다. 따라서 가요 금지도 우리에게는 전혀 새로울 것 없는 일이었다. 이 무시무시한 가요법을 만든 분은 음악을 그 무엇보다 사랑하는 아빠다.

"아빠, 너무해요. 안 돼요."

"찬혁아, 수현아, 너희 나이에는 너희 감성에 맞는 노래를 들어야 해."

아빠가 가요를 금지한 이유는 노랫말과 춤 때문이었다. 욕설이 있거나 비속어가 있는 노래는 듣지 못하게 했다. 노출이 심한 옷을 입고 어른들처럼 춤을 춘다는 이유로 가요 프로그램도 못 보게 했다. 비슷한 이유로 또래 친구들이 다 봤던 〈파워레인저〉나 괴물과 싸우는 만화

도 보지 못했다. 아직도 총을 다루거나 괴물들끼리 싸우는 게임 같은 건 하지 않는다. 그때 못 해봐서인지 초등학생 때 했던 물풍선 게임을 지금도 여전히 하고 있다. 아무튼 엄청 순화된 것들만 보고 듣고 자란 우리는 음악에서도 경계를 갖게 되었다.

아빠와 토론을 벌여봐야 내가 질 게 뻔했다. 아빠는 두 시간 동안 가요를 금지하는 이유에 대해서 설명하실 거다. 아빠는 틀린 말을 하지 않으시니 우겨봐야 소용없다. 선생님 같은 아빠의 말에 밑줄 그어가며 동의하는 수밖에! 우리는 속상한 나머지 눈이 빨개졌다. 눈물조차 나오지 않았다. 그런 우리가 안쓰러웠는지 대신 우리가 들어도 좋은 노래는 다운받아서 보고 듣게 해주겠다고 하셨다.

그때 한창 가창력 있는 가수들의 노래 경연 프로그램이 화제였는데, 부모님이 열심히 보셨기 때문이다. 마음을 울리는 목소리에 가사도 좋은 고전 가요(?)들, 가족이 함께 감동할 수 있는 노래가 있다는 게 신기하기도 했다. 수현이와 나는 가요를 조금이라도 듣게 된 것에 감사했다. 아예 못 듣는 것보다는 나았으니까.

그렇다고 아빠의 법을 이해 못하는 바는 아니었다. '보헤미안 랩소디'라는 노래를 처음 들었을 때는 온몸에 전율이 일 정도로 매혹적이었다. 하지만 '엄마, 내가 사람을 죽였어요'란 가사가 귀에 들어오는 순간, 머리카락이 쭈뼛 서고 가슴이 서늘해졌다. 그 강렬한 멜로디 속에 흐르는 섬뜩한 가사가 머릿속에서 맴돌 때마다 온몸이 피범벅이 되는 기분이었다. 자꾸 듣다보면 나도 모르게 그 차가운 영혼을 가진 노래에 무감각해질 것 같았다.

'어린아이가 듣고 불러도 될 만큼 깨끗하고 아름다운 가요가 많아졌으면 좋겠다.'

내가 작곡을 할 거라고는 생각도 못했지만 어느 순간 내 마음속에 이러한 소망이 생겼던 모양이다. 과거의 어느 날, 어느 시간에.

열다섯 나이게 없는 것

찬혁

나에게는 없는 게 많았다. 무엇보다 멋있게 보이기 위해서 있어야 하는 휴대전화와 스키니진이 없었다. 하지만 부모님에게 휴대전화와 스키니진을 갖고 싶다는 말을 꺼내지 못했다. 안 사줄 게 뻔했으니까. 다른 아이들은 다 갖고 있다는 이유만으로는 아빠를 설득할 수 없었다. 조른다고 해결될 문제가 아니면 나는 혼자 속을 끓이다 결국 포기한다.

그때만 해도 한국에서는 유치원생이나 할아버지도 스마트폰을 가지고 다녔지만, 몽골에서는 우리 반에서 두세 명만 가지고 다녔다. 그것도 한국 아이들이라서 누리는 특권이었다. 친구들이 스마트폰으로 게임을 할 때면 옹기종기 모여 앉아 구경했다. 나는 스마트폰은 바라지도 않았다.

'mp3만이라도 있었으면……. 음악을 들을 수 있는 터치가 되는 기

계가 있었으면……'

몽골에서 사는 한국 친구들은 겉모습은 한국의 아이들과 크게 다르지 않았다. 스키니진이니 모자니 후드티니 운동화니 모두 한국에서 가져온 걸 입었다. 하지만 우리는 그것들을 마음대로 살 수 있는 형편이 아니었기 때문에 부모님에게 요구하기가 조심스러웠다. 부모님은 우리가 가난하지 않더라도 옷 사는 데 돈을 투자할 분들이 아니다. 그러다보니 멋진 스키니진은 나의 영원한 로망이 되었다. 지금까지도!

그렇다고 멋있게 보이는 걸 포기하고 싶지도 않았다. 옷은 이틀 연속 같은 것을 입지 않고 튀지만 과하지 않게 입으려고 노력했다. 아침마

패셔니스타
찬혁을
소개합니다!

다 열심히 옷을 돌려 입으며 내가 할 수 있는 최선의 선택을 했다. 원망하거나 반대로 간절히 바란다고 해결되는 문제는 아니니까 말이다.

내가 가진 옷들은 결코 세련됐다고 할 수 없었다. 이미 유행이 지난 베이지색 면바지와 헐렁한 스트라이프 바지를 보면 저절로 한숨이 나왔다. 착 달라붙는 스키니진이 대세인데, 그나마 이모가 사서 보내준 스키니에 가까운 청바지 덕분에 패셔니스타 이찬혁이 되는 길이 완전히 막히진 않았다. 그 바지를 얼마나 아꼈는지 모른다.

이런 속사정을 알 길 없는 어떤 친구는 나한테 옷 입는 법을 가르쳐달라고 졸랐다. 사실 그 친구는 한국에서 온 멋진 옷을 많이 가지고 있어 아무렇게나 입어도 멋졌다. 어쩌면 그때 그 친구에겐 내가 춤을 잘 추어서 멋있게 보였을 수도 있다. 교회에서 발표회를 한 다음부터 나는 춤으로 친구들의 부러움을 샀으니까.

열다섯 살, 갖고 싶은 것도 많고, 간절히 원해도 갖지 못한 것들로 인해 절망하기도 하는 나이다. 세상은 내가 원하는 모든 것을 주지 않는다.

'누구든 모든 걸 다 가질 수는 없다는 것, 그래서 세상은 조금쯤은 공평하다. 스키니진을 입진 않았지만 춤을 잘 추어 스키니진 입은 것만큼 멋있게 보였으면 된 거다.'

나는 이렇게 생각하기로 했다.

똥빵 때문에!

찬혁

우리 가족의 간식 중에 똥빵이 있었다. 몽골에는 세 종류의 빵이 있다. 중국 사람들이 아침 식사로 먹는 막대기빵은 굉장히 질기고 딱딱해서 아무 맛이 없다. 이걸 콩국이나 차에 찍어서 먹는데, 중국과 인접하고 있는 몽골에서도 많이 먹는다. 유럽에서 제빵 기술을 배워온 아저씨가 만든 베이커리 빵은 부드럽고 맛있지만 비싸다. 동네 가게에서 파는 똥빵은 적당히 달콤하고 알맞게 부드럽다. 누가 몰래 싸놓은 똥처럼 생겨 우리 가족이 그렇게 불렀다.

엄마는 나에게 종종 똥빵을 사오라는 심부름을 시켰다. 심부름은 거의 내 몫이었다. 수현이는 혼자 다니기에는 아직 어렸으니까. 나는 두툼한 잠바를 꼭꼭 여미고 양고기 냄새 나는 돈을 손에 쥐고 뛰다시피 걸었다. 차가운 겨울바람 때문에 발걸음은 더욱 빨라졌다.

몽골의 길은 걸을 때마다 '독하다'는 생각을 절로 하게 만든다. 추운 날씨 탓에 시멘트나 아스팔트는 갈라터져 있고, 바닥면이 거칠거칠하고 삐죽빼죽하다. 몽골의 날씨는 아주 쌀쌀한 가을과 너무 추워서 밖에 나다닐 수 없는 긴 겨울, 그리고 변덕스러운 여자 같은 짧은 봄과 여름이 있다. 특히 5월의 날씨가 변덕이 제일 심하다. 5월이 생일인 수현이는 "나의 가장 큰 생일선물은 하늘이야!"라고 말할 정도다.

그날 나는 똥빵을 사서 뛰어오다가 살짝 살얼음이 언 데를 디뎠던

모양이다. 순간적으로 중심을 잃고 넘어져 뾰족 튀어나온 돌부리에 무릎을 찧고 말았다. 그만 독한 길에 쓸려 바지가 찢어졌다. 찢어진 바지 사이로 무릎과 종아리의 피가 비집고 나왔지만 아랑곳하지 않았다. 빨리 집에 가서 바지를 수선해야겠다는 생각밖에 없었다. 그날 저녁, 엄마는 나의 다리를 걱정하고, 나는 바지를 걱정하는 이상한 삼각관계가 만들어졌다.

엄마는 밤늦게까지 바늘로 찢어진 부분을 요리조리 꿰맸다. 너무 많이 찢어진 탓일까? 엄마가 정성을 들여 손질했지만, 수술을 끝낸 바지는 그리 보기 좋은 모양이 아니었다. 얼기설기 꿰맨 자국이 흉터처럼 선명한, 못난이 바지가 되어버렸다. 그래도 나는 그 바지를 버리지 않고 계속 입고 다녔다. 진심으로 아꼈기 때문이다.

요즘은 그때의 내가 그립다. 스키니진 하나도 더없이 소중하게 생각하던 마음이 그립다. 사소한 것에도 아파 하던 그 시절이 그립다. 내 십대의 한가운데, 다시는 돌아갈 수 없는 시간들이 그리운 거다. 하지만 내 미래의 어느 날엔 이 글을 쓰고 있는 지금이 한없이 그리울 테지.

거실로 등교

수현

'학교에 안 가면 얼마나 좋을까?'

공부가 지겨운 학생들에게는 꿈같은 일이다. 이런 꿈같은 일이 우리에게 일어났다.

"어휴, 오늘은 또 선생님 말씀을 어떻게 알아듣지?"

영어 때문에 매일 아침 무거운 마음으로 학교를 향했다. 그러던 어느 날, 아빠가 우리를 부르더니 말씀하셨다.

"얘들아, 학교 그만두고 홈스쿨링하면 어떨까?"

순간 나랑 오빠는 찌릿찌릿한 눈빛을 교환했다. 그리고 제비처럼 합창했다.

"네, 좋아요!"

이것저것 생각할 틈도 없었다. 우선은 학교에 가지 않는다는 사실이 무엇보다 멋진 모험일 것 같았다. 몽골에 와서 1년 정도 학교에 다녀 보니 한국의 학교나 몽골의 학교나 학교는 학교였다. 학교에서 공부하는 건 지겹고, 노는 것만 좋았다. 친구와 자주 보지 못한다는 것이 걸리긴 했지만, 학교와 이별을 할 수 있어서 좋았다. 지긋지긋한 영어에서 해방이니 더 이상 말할 필요도 없었다. 더욱이 오빠와 나는 예전부터 새로운 상황이 주어지면 도전 정신에 불타오르곤 했다.

하지만 학교를 다니지 않는 게 마냥 좋은 것만이 아니라는 사실을 깨닫는 데는 그리 오랜 시간이 걸리지 않았다. 하기 싫다고 해서 피하면 더 힘든 일이 생긴다는 것도!

부모님은 최선을 다해서 홈스쿨링 준비를 했다. 그 결과 어마어마한 양의 교재가 우리를 기다리고 있었다. 아빠는 수업을 위해 인터넷 강의를 다운받았고, 공부하기 좋게 집 구조까지 바꾸었다.

"오빠, 홈스쿨링이 이런 거였어?"

"차라리 학교가 낫겠어!"

나는 잔뜩 불만에 차서 말했다.

우리의 일과표는 기숙학교 같았다. 아침 6시에 일어나서 두 시간 동안 가정 예배를 드리고 묵상을 했다. 성경 말씀을 읽고 읽은 구절 중에서 가슴에 와닿는 부분에 대해서 이야기하고, 나에게 주는 의미가 무엇인지 글로 썼다. 한 시간 동안 밥을 먹고 설거지를 하고, 9시부터는 수업을 시작했다. 12시 반까지는 영어를, 그 뒤에 한 시간 동안 밥을 먹

고 설거지를 도운 다음 오후 수업을 시작했다. 보충 영어와 국어, 사회, 수학, 과학이 우리를 기다리고 있었다. 6시까지 수업을 하면 저녁 시간이 다가왔다. 물론 엄마와 아빠는 우리가 선택할 수 있다고 했다. 그러나 왠지 모를 압박감과 부모님을 만족시켜야 한다는 부담감이 이런 시간표를 만들게 했다.

결론만 말하면 홈스쿨링을 하면서 학교에서보다 몇 배는 더 힘들게 공부했다. 학교에서는 50분 공부하고 10분 쉬면서 오후 4시까지 공부를 했다. 며칠 해보니 차라리 학교에 가는 게 나은 것 같았다. 공부 시간만 단순 비교해봐도 홈스쿨링이 훨씬 많았다. 학교에서는 친구들과 놀기도 하는데 당장 친구와 놀 시간조차 없었다. 6시 이후에 나와서 노는 사람은 없으니까! 학교를 그만두고 깨달은 사실은 학교가 그리 나쁜 곳이 아니라는 것이다. 이 말도 안 되는 아이러니!

왜 나는 안 돼요?

찬혁

가끔은 우리 부모님이지만 이해가 안 될 때가 있다. 특히 다른 부모님은 다 허락하는데 우리만 못하게 할 때는 더욱 그렇다. 엄마와 아빠도 마찬가지일 것이다. 우리가 아들, 딸이라고 해서 모든 것을 보듬어주시지는 않는다. 그래서 부모님과 의견이 다를 때 나랑 수현이는 더욱 의지하는 것 같다. 우리가 속을 썩일 때 부모님도 서로를 더 의지하실까?

수현이와 나는 친구들과 놀 때도 다른 친구들보다 제약이 훨씬 많았다. 친구들과 한번 놀러 가려면 일주일 전에 부모님에게 허락을 받아야 했다. 하루 전도 아닌 일주일 전. 그것도 어디로 놀러 가는지, 돈이 얼마나 필요한지 보고해야 했다. 돈이 얼마나 필요한지 말하는 건 이해가 되었지만, 외출 허락을 일주일 전에 받으라는 건 정말 힘든 주문이었다. 친구들끼리는 하루 전에도 "야, 우리 내일 놀러 가자" 하며 순식

간에 약속이 잡히지 않는가.

　만약에 친구들끼리 놀다가 다른 곳에 가게 되면 그때는 다시 전화를 해서 내가 어디에 있는지 부모님에게 알려야 했다. 더욱이 나에게는 가도 되는 곳과 가서는 안 되는 곳이 있었다. 가서는 안 될 곳은 아예 부모님에게 물어보지도 않았다. 가도 되는지 어떤지 애매할 때만 전화해서 물었다.

　내가 전화를 하는 동안 친구들은 발을 동동 구르며 혹시나 허락을 못 받을까봐 안타까운 눈빛으로 바라보았다. 역시나 아빠가 안 된다고 하면 친구들의 "또 안 된대?"라는 실망스러운 말, 나는 친구들한

테 미안한 마음이 들었다. 그 말이 "너희 아빠는 좀 심하시다"로 들렸다. 아빠가 못 가게 해서 속상한 것도 있었지만, 그보다는 그런 아빠를 친구들이 심하다고 생각하는 것 같아 더욱 속상했다.

"왜 우리 엄마와 아빠는 다른 부모님처럼 쉽게 허락해주시지 않을까?"

이럴 때 수현이와 나는 더욱 강한 동맹을 맺는다. 물론 우리는 부모님이 이렇게 하는 이유를 어렴풋이 알고 있다. 사회주의였던 몽골이 자본주의로 바뀌면서 아직까지 사회가 안정되지 않아, 우리 또래의 아이들끼리만 다니는 것은 위험하다고 아빠가 말씀하셨다. 그건 알지만, 그래도 친구들과 놀 때 부모님이 쉽게 허락해주지 않는 것 때문에 불만이 없지는 않았다. 수현이와 친구들은 한 집에 모여서 수다를 떨고 놀지만, 우리는 바깥에서 뛰어놀았으니 어디로 튈지 모르는 공 같았다. 인생이, 특히 노는 게 계획대로 되던가.

그래도 반항을 하지는 않았다. 내가 착해서? 아니, 자유롭지 않아 속상했지만, 그래도 자유가 주어지는 짧은 시간 동안은 열심히 놀았으니까. 그렇게 마지막 1초까지 놀고 나면 그동안 내 마음을 불편하게 했던 것들이 아주 사소한 것들이 되어 홀홀 털려나갔다.

"왜 나는 안 돼요?"

마음에 남아 있는 게 없으니 이렇게 반항할 이유도 없었다. 마음은 적응력이 좋아서, 어떤 상황에 놓이면 그에 맞게 또 변화하는 모양이다.

너희는 학교 다녀서 좋겠다! 🏫

수현

내 나이 열다섯. 아직 어리다면 어리다. 오빠는 내가 얼마나 어린지 게임할 때마다 알려준다. 얄미운 오빠!

"이수(찬혁이가 동생 수현이를 부르는 또 다른 이름) 네가 참 어리긴 어리구나. 아직 만 열다섯도 안 돼 엄마 아빠 허락받고 사이트 로그인해야 하다니!"

내가 어리다는 건 인정한다. 그러나 비록 짧은 인생이지만 내 나이의 깊이만큼 기뻐서 웃고, 슬퍼서 울었던 경험도 있다. 그럴 때는 내가 모르는 어른 마음이 내 마음속에 있는 것 같기도 하다.

마음이 너무 아픈데 내가 아프다고 하면 엄마 아빠가 더 슬퍼할 것 같아 그 마음을 숨겨야 했던 기억. 그럴 때는 슬프다고 말할 때보다 더 슬프고 아프다. 그래도 꾹꾹 참으면서 그 아픔을 삭인다.

홈스쿨링을 시작하고 일주일가량은 뭐가 뭔지 모르고 지나갔다. 그런데 집에 있는 낮 시간의 대부분을 아무도 없는 방에서 컴퓨터와 마주 앉아 공부, 공부, 또 공부를 해야 하는 상황은 괴로웠다. 내 나이에는 친구와 수다 떠는 게 무엇보다 달콤한 재미인데, 그런 재미도 없고……. 지구에 떨어진 어린 왕자는 아무도 없는 낯선 곳에서 어떤 기분이었을까? 컴퓨터만 있는 외로운 행성에서 나는 공부에 집중하는 것도, 그렇다고 상상의 나래를 펴는 것도 아니었다. 아빠가 불시에 방문을 확 열지 않을까 신경을 곤두세우며 딴짓도 많이 했다.

얼마 지나지 않아 학교에 가고 싶고 친구들도 보고 싶었다. 사실 홈스쿨링을 하자고 했을 때 가장 마음에 걸렸던 건 친구들이다. 학교에 안 가면 나만 소외되지 않을까? 친구들과 놀려면 학교에 가야 하는데…….

친구들이 보고 싶으면 학교 앞으로 가서 수업이 끝나기를 기다렸다. 얼마 전까지 다니던 학교인데 갑자기 낯선 곳에 온 듯했다.

'저 교실 안에 있는 선생님도 내 선생님이고, 저 교실 안에 있는 친구들도 내 친구들인데 나는 왜 저기 못 들어가나…….'

갑자기 코끝이 찡해지면서 설명할 수 없는 기분에 휩싸였다. 수업이 끝나면 친구들이 저 멀리서 나를 발견하고는 달리기 선수처럼 있는 힘껏 뛰어와서 끌어안았다.

"수현아, 정말 보고 싶었어!"

나는 곧 친구들에게 둘러싸였다. 그러나 인사를 나눌 때의 반가움과 벅참도 잠시, 나는 곧 친구들이 하는 이야기를 하나도 못 알아들어 멍한 표정이 되곤 했다. 일부러 나 못 알아들으라고 하는 말이 아닌데도 왠지 거리가 느껴졌다. 나무와 나무 사이, 풀과 풀 사이에도 거리가 있지만, 그동안 나는 친구들과 완벽하게 친하다고 생각했다.

"아하, 그랬구나!"

친구들 말에 맞장구를 쳤지만 대충대충이었고 공감대도 없었다. 하지만 괜히 좀 더 친해지고 싶어 일부러 과장되게 반응했다. 한 친구가 그날 학교에서 선생님한테 야단을 맞았는지 풀 죽은 목소리로 말했다.

"수현아, 너는 학교 안 다녀서 좋겠다!"

나는 우물쭈물하다 대답했다.

"너네는 학교 다녀 좋겠다!"

애써 웃으며 말했지만 마음 한구석에서 썰물이 빠지듯이 무엇인가 빠져나가는 기분이었다. 불과 얼마 전까지만 해도

'오후 4시까지 수업을 하는 데가 어딨어?' '학교 좀 안 다니고 놀았으면 좋겠다'는 마음이 들었는데, 막상 그만두고 나니까 간절히 학교에 다니고 싶었다. 아무리 집에서 재미있게 시간을 보내도 예전에 친구들과 학교에서 보낸 시간만큼 재미있지는 않았다.

친구들을 만나고 온 날은 유독 다른 아이들처럼 학교에 가고 싶다고 부모님을 졸랐다. 1년가량 홈스쿨링을 하니까 그토록 아늑했던 집이 이젠 벗어나고 싶은 곳이 되어버렸다.

'우리가 그토록 학교에 가고 싶어 하는데 왜 학교에 보내주시지 않지? 홈스쿨링보다는 학교가 더 좋은데……'

그때는 엄마, 아빠를 이해할 수가 없었다. 어느 날 저녁, 부모님의 대화를 엿들은 뒤부터는 모든 것이 이해되었다.

우리 가족은 그때 경제적으로 힘든 시기를 보내고 있었다. MK스쿨은 20년 전에 한국인 선교사들이 세운 학교로, 현재는 유치원부터 고등학교까지 전교생이 200명쯤 된다. 몽골에서는 MK스쿨도 외국인 학교였기 때문에 학비가 비싸서 우리 가족의 수입으로는 다닐 수 없는 형편이었다. 나는 그것도 모르고 학교에 보내달라고 계속 졸랐던 것이다. 그다음부터 나는 부모님에게 학교에 가고 싶다고 말하지 않고 대신 이렇게 말했다.

"괜찮아요! 에이, 학교 가는 거 귀찮아요. 홈스쿨링이 더 좋아요."

그 시절의 나에게 학교와 친구는 무엇보다 소중했다. 하지만 가족은 그보다 더 소중했다. 나는 내게 허락된 것 안에서 더욱 소중하게 간직하려고 했다. 친구와 놀 수 있는 시간도, 부모님과 함께하는 시간도!

홈스쿨링을 하면서 함께 놀 사람이 오빠밖에 없었다. 더욱이 몽골에서는 겨울에 집 밖에 나갈 수가 없다. 10월 초부터 추워져서 다음 해 3월까지 무려 6개월이 겨울이다. 바람이 매서운 겨울, 속눈썹이 어는 겨울, 그리고 공기가 얼어붙는 겨울이 차례로 온다.

그 겨울 동안 집은 그야말로 우리의 보금자리가 되었다. 내가 피아노를 치면 오빠가 웃긴 춤을 추었다. 피아노를 너무 쳐서 손이 아프면 오빠 방으로 갔다. 오빠가 기타를 잡고 뚱땅거리면 이번에는 내가 신이 나서 노래를 불렀다. 우리는 이 방 저 방을 오가며 지칠 때까지 놀았다. 우리의 놀거리는 구닥다리 디지털 피아노와 기타, 엄마의 휴대전화가 전부였다. 나의 피아노 실력이나 오빠의 기타 실력은 막상막하로 엉망진창이었다. 그러다보니 기교를 부리는 것은 엄두도 못 내고, 다만 우열을 가리지 못할 정도로 신나는 마음을 담아내는 데만 탁월했다.

오빠가 기타로 흔한 반주나 코드를 치면, 우리는 말도 안 되는 가사를 붙여가며 노래를 했다. 내가 "아~ 우동 먹고 싶어라"라고 하면 오빠가 뒤를 이어 불렀다. 이렇게 조금씩 조금씩 따서 녹음을 해놓고 나중에 보면 생각지도 않게 괜찮은 부분이 있었다. 그러면 그 부분은 일단 따놓고 다시 새로운 노래를 불렀다.

그러나 아직 우리는 길게 멜로디를 이어갈 실력은 되지 않았다. 짧게 기억나는 것만 녹음하는 식이었다. 엉터리 같아도 괜찮았다.

"이게 더 괜찮아?"

"아니, 이게 더 괜찮지 않아?"

"이건 어때?"

이렇게 끝도 없이 머리를 맞대다보니 오빠와 나는 마치 쌍둥이처럼 말하지 않아도 서로 어떻게 느끼는지 훤히 알게 되었다.

홈스쿨링이 힘들었기 때문에 노래 부르고 만드는 일이 더욱 신나고 재미있었을 것이다. 오빠는 몸을 도르르 말기 좋아하는 집벌레 등에서 날개가 돋은 듯했다. 벌새처럼 날갯짓을 하지 않고는 한시도 가만히 있지 못했다. 홈스쿨링이 끝난 6시 이후에는 남아 있는 에너지를 다 써버리려는 듯 온 힘을 다해 놀았다.

노래 부르기가 시들해지면 뮤직비디오를 찍고 놀았다. 우리는 즉석에서 뭔가 만드는 걸 좋아했다. 먼저 머리를 맞대고 뮤직비디오의 콘

티를 짰다. 그런 다음 집 안 곳곳을 돌아다니며 서로를 번갈아가면서 휴대전화로 찍었다. 찍은 영상을 편집해서 엄마, 아빠와 함께 보다보면 잠자리에 들 시간이었다. 매서운 바람만 윙윙 부는 겨울의 길고 긴 하루를 이렇게 유쾌하게 마무리할 수 있어서 다행이었다. 그렇지 않았다면 내일이란 게 기다려지지 않았을 테니까.

엄마 아빠 반응 탐구 🔍

찬혁

공부 중 딴짓하다가 걸렸을 때

① 아빠 : 찬혁아 뭐 하니?

　　찬혁 : (후다닥 컴퓨터 창을 끄며) …….

　　아빠 : (화가 나서) 딱 걸렸어, 이찬혁?!

② 아빠 : 수현아 뭐 하니?

　　수현 : (후다닥 컴퓨터 창을 끄며) 아휴, 이게 뭘까요?

　　　　　다른 창을 켤 때 바이러스가 따라왔나봐요.

　　아빠 : (웃으며) 그래, 언제 한번 정리하자.

③ 아빠 : 찬혁아 뭐 하니?

　　찬혁 : (컴퓨터 창을 끄며) 아휴, 이게 뭘까요?

　　아빠 : (화가 나서) 뭐긴 뭐야, 게임창이지!

맛있는 반찬만 먹고 있을 때

① 수현 : 오빠! 반찬 그렇게 먹지 마!

찬혁 : (소심하게) 그럼 어떻게 먹을까? 코로 먹어볼까?

엄마 : (내 밥그릇에 시금치를 밥만큼 담아주시며) 자, 이거나 먹어.

② 찬혁 : 이수! 반찬 그렇게 하나만 먹지 마!

수현 : (재빨리 다른 반찬으로 손을 옮기며) 엄마, 이거 진짜 맛있어요.
어떻게 한 거예요?

엄마 : (내 밥그릇에 멸치볶음을 밥만큼 담아주시며) 자, 너나 잘 먹어.

홈스쿨링을 할 때 동생과 나에 대한 부모님의 반응은 이러했다. 학교 수업 시간에도 딴짓을 하지 않나. 모니터만 뚫어지게 쳐다보며 공부만 하는 건 정말 고문이다. 우리는 가끔 게임을 다운받아서 하곤 했다. 컴퓨터 게임을 별로 좋아하지 않지만, 금지를 당하니까 이상한 반항심이 생겨 더 하고 싶었다. 가만두면 얼마 동안 하다가 꺼버릴걸 아빠가 딱 그 순간에 들어와서 꾸중을 하시니 청개구리처럼 더욱 게임창을 열고 싶어졌다. 공부를 해야 할 시간에 딴짓을 하는 횟수가 점점 많아졌다.

그럴 때 아빠가 갑자기 들어와서 "너 뭐 해?" 할 때, 나는 "어, 어" 하면서 대답을 하지 못한다. 그러면 아빠가 "너 게임했지?" 하면서 혼을 내신다. 아빠는 훈계를 한번 시작하면 내 머리가 새하얗게 될 때까

지 한다.

그런데 수현이도 게임을 하다 들킬 때가 있다. 아빠가 "이게 뭐야?" 라고 물으면 수현이는 천연덕스럽게 "이게 뭐지?"라고 하면서 "게임처럼 막 움직이네. 바이러스인가봐요. 나중에 치료해야겠어요"라고 아무렇지 않게 말한다.

그럴 때는 '저 여우!' 하는 생각이 든다. 아빠는 수현이를 보면서 허허 웃으면서 방을 나가신다. 분명 아빠도 저게 게임인지 아실 것이다. 다만 순진한 척 눈을 동그랗게 뜬 동생에게 인상을 쓰기 어려웠을 것이다. 어렸을 때부터 아빠는 수현이에게 화를 내다가도 동생의 눈물 콧물 범벅인 표정에 웃음을 터뜨리곤 하셨다.

그 모습을 보고 나도 몇 번 수현이처럼 해보았다. 아빠가 내 방에 들어와서 "이게 뭐야?" 했을 때, 내가 선수를 쳤다. 그런데 아빠는 "게임 이구만!" 하고 무안하게 더 많이 혼내셨다. 왜 수현이를 똑같이 따라 했는데 같은 반응이 안 나오는지 모르겠다.

일상생활에서도 마찬가지였다. 내가 오빠라는 이유로 심부름도 공부도 훨씬 많이 했는데, 그 혜택은 수현이와 내가 똑같이, 아니 수현이가 더 많이 받는 것 같았다. 예쁜 옷도 더 많고, mp3나 휴대전화도 더 좋은 걸 가지고, 부모님의 사랑도 훨씬 더 많이 받는 것 같았다. 나는 그런 수현이한테 질투가 났다. 손으로 살집을 꼬집는 것보다 손톱으로 살짝 꼬집는 게 더 얄밉고 아픈 것과 같은 것이려나. 엄마는 절대 아니라고 말씀하시지만, 내가 보기에는 그랬다.

*으, 내 오빠 아니에요!

수현

오빠랑 나, 둘 중에 누가 더 학교생활을 잘했을까? 성격 좋은 나라고 생각하겠지만 아니다. 오빠가 나보다 훨씬 더 재미있게 학교생활을 즐겼다. 오빠는 밖에서 진짜 '열심히' 놀았다. 무엇을 하며 놀든 땀을 뻘뻘 흘리면서, 뭐 저렇게까지 할 필요 있어라고 말할 정도로. 그럴 수밖에 없는 게 집에 오는 순간부터 공부라는 골리앗과 싸워야 했으니까.

학교 다닐 때 점심시간은 공포의 시간이었다. 오빠는 밥 먹을 때도 가만히 먹지 못했다. 점심을 먹으러 학교 식당에 갈 때면 나는 될 수 있으면 오빠와 마주치지 않으려고 했다. 식당에서도 오빠와 멀리 떨어져 앉았다. 오빠 주변의 친구들이 웅성웅성하거나 "야 찬혁이, 찬혁이" 하면서 눈빛을 오빠 쪽으로 보내면 폭탄이 터지는 순간이었다. 오빠는 앞에 나가서 혼자 춤을 추면서 록밴드 흉내를 내거나 아이돌처럼 곡예

에 가까운 춤을 추기도 했다. 어떨 때는 오빠 친구들까지 어울려서 그야말로 난장판이 되었다.

　그날은 밥을 먹으러 언니들이랑 같이 식당에 막 들어갔을 때였다. 오빠가 앞에 나가서 춤을 추면서 디제잉을 하고 있었다.

　'또 시작했네. 언제쯤이면 남들같이 평범하게 행동할까?'

　나는 혀를 쯧쯧 차고는 식판을 들고 자리에 앉았다. 오빠는 음악을 틀어놓고 멘트를 하면서 신나게 놀고 있었다. 나는 열심히 숟가락질을 시작했다. 나는 밥 먹을 때 숟가락질을 방해하는 사람을 가장 싫어한다.

잠시 후 오빠가 멘트를 시작했다.

"여러분, 식사 맛있게 하고 있나요?"

오빠 친구들은 벌써 킥킥거리면서 "네" "네" 하고 장단을 맞추었다.

"아, 카레 먹는데 죄송하지만……."

모두 밥 먹다 말고 오빠를 쳐다보았다. 나는 순간, 오늘 하루가 길겠다고 느꼈다. 오빠는 저러다 말겠지 하는 나의 기대를 늘 배반한다. 오빠는 사람들의 시선이 집중되는 순간, 다음 멘트를 이었다.

"설사~."

갑자기 리액션의 물결이 나를 덮쳤다. 광분한 오빠 친구들이 숟가락을 던지고 여기저기서 야유를 했다. 오빠는 야유 소리가 환호 소리로 들리는 듯이 고개를 연신 끄덕이며 만족스러운 표정을 지었다.

'으, 내 오빠 아니야. 아니, 그 순간만큼은 내 오빠가 아니었으면 해.'

나는 누구보다 평범하게, 그리고 평화롭게 살고 싶었으니까.

part 2
작은 별의 뒤척임

밤중 어딘가
소녀의 기도 소리가 들려오면
그건 작은 별의 잠꼬대일 거야
밤중 어딘가
소년의 고백 소리가 들려오면
그건 작은 별의 뒤척임일 거야

갤럭시 너 혹시 나와
같이 걸어가볼래
반짝이는 은하 너머 손잡고
나와 같이 걸어가볼래

누가 살고 있나 아무도 몰라
그 너머 뭐 있는지 누구도 몰라
다만 분명히 화려한 무지개 너머
내 꿈 둥둥 떠다닐 거예요

깜깜한 밤

찬혁

불빛 하나 없는 깜깜한 밤. 언제부턴가 우리 집에는 불이 꺼져 있었다. 다시 불을 밝히고픈 마음이 간절한데 어찌해야 할지 몰라 나는 불 꺼진 방 안에서 밤하늘의 별들을 바라보았다.

몽골에는 별이 참 많다. 멀리서 빛나는 별을 보고 있노라면 어딘가 외로워 보이면서 한없이 감상에 젖게 한다. 별은 저 높이 떠서 깜깜한 어둠을 뚫고 반짝인다. 그 이유만으로도 별을 계속 쳐다보게 된다.

사람들은 왜 별을 '희망'이라고 생각하게 되었을까? 별이란 존재는 얼마나 고단할까? 자신을 바라보는 사람을 외면할 수 없어서 깜깜한 어둠을 계속 주시해야 하니까 말이다. 깜깜한 어둠을 계속 주시하기란 굉장히 어려울 것이다. 그렇게 생각하고 바라보면 별이라는 존재가 더없이 고맙게 느껴진다.

그즈음, 그러니까 홈스쿨링을 시작하고부터 아빠와 거의 말을 하지 않았다. 아니, 내가 아빠를 피하고 있었다는 게 더 옳았다. 그런 나를 참다못해 급기야 아빠가 소리쳤다.

"다 너 때문이야!"

아빠의 그 한마디에 상처받은 건 나만이 아니었다. 엄마도 수현이도, 누구보다 아빠 자신이 깊은 상처를 받았다. 강한 것 같던 아빠가 몸져누우셨다. 아빠는 2개월 동안 시름시름 앓으며 죽만 드셨다. 위염이라고 했지만, 단순히 몸으로만 온 병이었을까.

더욱이 그때는 우리 가족이 경제적으로 너무도 힘든 때였다. 좋은 일도 안 좋은 일도 한꺼번에 오는 것인가보다. 아빠에게는 가장이라는 이름으로 가족을 이끌어야 한다는 부담이 너무 컸다. 아빠는 우리에게 미안해하고, 그 미안함에 힘들어했다.

사춘기의 절정, 진짜 중학교 2학년이었던 나는 그 모든 것이 내 탓인 것만 같았다. 늦게 오는 아침과 일찍 뜨는 달이 주는 분위기는 나를 숨 막히게 했다. 도시라서 희미하게 보이긴 했지만 몽골의 별들은 무척이나 가까이 있었다.

나는 잠들지 못하는 작은 별들처럼 자꾸 뒤척였다. 그렇게 하루가 가고 다시 암울한 하루가 왔다. 하루는 단지 저물기 위해서 있는 것 같았다. 어쩌면 그 밤에 엄마와 아빠, 수현이도 그렇게 바라보았을지도 모르겠다. 막막한 어둠과 어둠 너머에서 빛나는 희미한 별을.

도시에 놀러 나온 희미한 작은 별, 너는 또 왜 잠 못 드니? 그렇게 물어보고 싶었다.

밤중 어딘가 소녀의 기도 소리가 들려오면
그건 작은 별의 잠꼬대일 거야
밤중 어딘가 소년의 고백 소리가 들려오면
그건 작은 별의 뒤척임일 거야

버클리? 가지 뭐!
수현

아주 어릴 적부터 나는 꿈이 있었다. 사람들이 꿈이 뭐냐고 물으면, 나는 당당하게 가수라고 대답했다. 목소리가 예쁘다는 칭찬을 많이 들어서였을 것이다.

하지만 그때는 진짜로 가수가 되고 싶다는 목표 같은 건 없었다. 그저 철없이 좋알거린 것이다. 음악을 해야겠다고 구체적으로 생각한 건 홈스쿨링을 할 때였다. 누군가 음악을 하려면 버클리 음대에 가야 한다고 말했다.

"버클리 음대를 나오면 그건 최고로 잘한다는 거야."

그 말을 듣는 순간, '그래 버클리로 가자'라고 결정해버렸다. 엄마와 아빠는 나의 결정에 박수를 치며 웃어주었지만 오빠는 비웃었다.

"버클리가 어디에 있는지나 알아?"

"아니, 몰라. 어디에 있는지가 왜 중요해? 최고라는 게 중요하지!"

오빠 말대로 초등학교 3학년인 나는 버클리가 미국에 있는지, 프랑스에 있는지조차 몰랐다. 나는 그때 겁 없이 이다음에 성악을 전공해야겠다고 생각했다. 성악 선생님의 한마디 때문이었다.

"수현아, 너 조금만 공부하면 버클리에 갈 수 있겠다. 내가 가게 해줄게."

"제가요?"

"그래, 너 정도면 갈 수 있어."

"정말요?"

"그럼, 당연히 갈 수 있고말고."

선생님은 내 목소리가 좋다며 버클리로 가게끔 잘 다듬자고 했다. 그때부터 버클리라는 목표는 내 안에서 나무처럼 무럭무럭 자랐다.

몇 년 뒤, 미니 홈피의 방명록에 누군가 글을 남겼다. 나의 꿈이 버클리라는 걸 보고는 현실을 직시하라는 충고였다.

'버클리는 네가 가고 싶다고 해서 갈 수 있는 곳이 아니야!'

'너는 엄청 연습해도 못 가!'

세상에 가고 싶다고 해서 못 가는 곳이 있는가? 아무리 버클리가 가기 어려운 곳이라고 해도 나는 굴하지 않았다. 대학이나 꿈은 높이 잡아야 한다고 생각했다. 그리고 버클리는 내가 잡을 수 있는 가장 높은 목표였다. 나는 목표한 게 있으면 그림이 그려졌다.

'나는 무조건 음악을 할 거고, 무조건 버클리 대학에 갈 것이다. 설령 당장 버클리를 못 가더라도 언젠가는 갈 것이다.'

이렇게 너무나 분명한 버클리라는 그림을 내 마음에 높이 걸었다.

그러나 언제나 꿈을 바라보는 나와 달리, 오빠는 현실을 직시한다. 오빠는 냉정하게 말했다.

"네가 어떻게 버클리 대학을 가냐? 너보다 잘하는 사람이 얼마나 많은데!"

"아냐, 지금부터 해도 갈 수 있어!"

"학비는 어떡하고?"

"장학금 받아서 가면 돼!"

나는 그렇게 단순하게 생각했다. 못 갈 이유를 대면 만 개도 넘지만, 갈 수 있는 이유를 대면 딱 한 가지밖에 없었다. 내가 간절히 바란다는 것. 오빠는 나에게 그만 우기라고 했지만, 그건 우기는 게 결코 아니다. 나는 다만 꿈만 생각할 뿐이다.

꿈을 생각하면서 사람들은 왜 복잡해질까? 꿈을 단순하게 생각하면 복잡한 현실도 하나로 곧게 펴질 텐데…….

뭘 해도 너무 늦었대!

찬혁

꿈, 꿈이란 뭘까? 꿈이라고 하면 적어도 이래야 하지 않을까?

'그 일을 하면서 재미있을 것.'

그게 좋은 집, 좋은 차를 줄 수 없을지라도 내가 좋아서 할 수 있는 일이 꿈이라고 생각했다. 하지만 그 정의마저 현실과 너무 동떨어져 있는 것 같았다.

왜 하필 사춘기 때 꿈을 정해야 할까? 그 복잡하고 어려운 시기에!

친구들의 말로는 내 또래의 많은 아이들이 비슷한 고민을 하고 있다고 했다. 내가 꿈을 정하는 것이 늦어지고, 꿈을 찾으려고 노력하는 모습을 보이지 않자 부모님은 불안해했다. 부모님은 꿈에 대해 나와 많은 이야기를 나누고 싶어 했다.

　나와 달리 수현이는 일찍 꿈을 발견했다. 노래를 하든, 노래로 사람들의 마음을 치유하는 사람이 되든, 노래를 한다는 건 변함없는 사실이기 때문이다. 수현이는 초등학교 때부터 책상 앞에다가 '버클리 대학에 가자!'라고 써놓았다.

　그런데 나는 아빠가 진지하게 꿈에 대해 물어볼 때도 제대로 대답을 하지 못했다. 아빠도 답답하셨겠지만 나 역시 답답했다. 나는 지난 꿈의 목록을 뒤적거리며, 그곳에서 나의 가능성을 찾았다. 춤과 그림을 좋아했던 나는 워십 댄서나 만화가가 되고 싶다고 대답했다.

　"춤이랑 그림을 좋아해서 취미로 하는 거라면 괜찮겠지만, 직업으로 삼기에는 늦지 않았을까?"

　아빠의 말에 좌절한 나는 결국 부모님의 직업인 선교사와 내가 좋아하는 춤을 섞어서 "춤추는 목사가 돼볼까요?"라고 했다. 나름 신선하고 혁명적인 생각이었다.

　그러나 아빠는 아무런 말씀도 하지 않으셨다.

　그 뒤 아빠는 나에게 꿈과 희망을 찾아주려고 조언을 아끼지 않으셨다. 그런 아빠의 모습은 나를 다그치는 것처럼 느껴

졌다. 나와 아빠는 점점 대립했다.

아빠가 보기에 나는 꿈이 없어 보였고, 나 스스로 생각하기에도 춤추는 목사나 화가는 설득력이 없었다. 아빠가 나를 안타까운 눈빛으로 쳐다보는 걸 알면서도 어떻게 할 도리가 없었다. 무엇을 하고 싶은지 모르니 당연히 무엇을 준비해야 하는지도 몰랐다. 나조차도 춤을 추거나 그림 그리는 것을 '일'로 하고 싶지는 않았다. 나한테 더 멋지고 잘 맞는 일이 있을 것만 같았다. 다만 도무지 그 일을 찾을 수가 없었다.

만약 아빠가 다른 아빠들처럼 "대학에 가려면 공부해야 해. 군소리 말고 공부나 해"라고 했다면 오히려 더 쉬웠을지 모른다. 그러나 아빠는 원하는 일을 하기 위해서라면 굳이 대학에 가지 않아도 방법이 있다고 말하는 분이었다.

'더 늦기 전에 나의 재능을 발견할 수 있을까?'

나 혼자 풀기에는 너무나 어려운 문제였다.

갤럭시 너 혹시

나와 같이 걸어가볼래

반짝이는 은하 너머 손잡고

나와 같이 걸어가볼래?

아빠 출입 금지 🔒

찬혁

부모님은 내게 잔소리를 거의 하지 않는 편이다. 적어도 다른 친구들과 비교하면. 그런데 나는 그 잔소리마저 듣기 싫을 때가 있었다.

'내가 뭘 잘못한 건가? 나를 좀 가만히 내버려두었으면 좋겠다.'

내 안에서 뭔가 통제할 수 없는 이런 기운이 꿈틀거렸다. 그러다보니 어떤 말을 하든, 어떤 상황이 되든 아빠와 나 사이에 오해가 더 깊어졌다. 오해가 깊어지면 상처가 된다. 나는 차라리 아빠와 되도록 대화를 안 하는 게 나을 것 같았다. 대화를 하면 자꾸 부딪치니까 말이다. 그런데 대화를 피하는 나의 모습이 아빠에게는 반항으로 받아들여졌나보다. 나는 아무리 화가 나도 아빠에게 대들거나 문을 쾅 닫은 적도 없는데…….

아빠와 나는 언제 어디서나 함께 있었으며, 방문만 열면 서로의 얼굴을 볼 수 있었다. 그런데도 담이 느껴졌다. 우리는 담 너머로 대화를 했다. 아빠의 말에 거의 대부분 "네"라고 로봇처럼 감정 없는 목소리로 짧게 대답했다.

그 담의 존재에 대해서 아빠도 알고 있었다. 우리는 담 너머에서 담을 어떻게, 언제 넘을 것인지에 대해서는 고민하지 않았다. 그저 담이 있다는 것에 대해서만 속상해하고 슬퍼했다.

아빠가 "네 생각은 어떠니?" 하고 물어보면 내게는 머릿속에 떠도는 생각을 간추릴 시간이 필요했다. 어설프게 대답했다가 혼난 적이 한두 번이 아니었으니까. 이런 대답을 하면 이런 반응이 오겠지 하는 계산이 머릿속에 거미줄처럼 쳐졌다. 나의 이런 모습이 아빠에게는 무언가 골똘히 생각하는 모습, 혹은 아무 생각이 없는 모습으로 보였나보다.

아빠는 나에게 무슨 말이든 좀 해보라고 했다. 늘 골똘히 생각하고 있는 게 무엇인지 궁금하다는 것이다. 내가 무슨 생각을 하는지, 혹시 불만은 없는지 아빠는 그걸 알고 싶어 했다. 아빠는 아무리 사소한 것이라도 시시콜콜 이야기하기를 좋아한다. 수현이는 그런 아빠와 잘 맞았다.

"할 말 있으면 다 해, 아빠가 들어줄게."

아빠가 마음씨 좋은 상담 선생님처럼 두 손을 활짝 벌리고 말했다.

그러나 나는 머릿속이 정리되기까지 입을 열지 않는 버릇이 생겨버린 뒤였다. 아빠의 질문에 나는 침묵으로 대답했다. 그러니까 대답을

안 한 게 아니라 못한 것이다. 이렇게 생각이 많은 나 자신이 싫었다.

아빠는 침묵을 지키는 나의 행동을 반항으로 받아들였다. "휴!" 하고 긴 한숨을 쉬더니 몇 시간 동안 잔소리를 하셨다. 아빠의 말을 듣다 보면 지쳐서 나중에는 무슨 말을 하는지 들리지도 않았다. 그러면 엄마는 "오늘은 여기까지만"이라고 말하며 아빠를 데리고 방에서 나갔다.

대답을 하고 싶었지만 거짓말처럼 입 밖으로 말이 나오지 않았다. 대답을 안 하면 오해받을 걸 알면서도 말이다.

"제가 생각할 때는 이렇게 해서 이렇게 했는데 아빠가 그렇게 느끼셨다니 저는 지금 당황스럽습니다."

이렇게 말하면 아빠는 분명 "아, 그러니?" 하고 짧게 끝낼 것이다. 그런데 그렇게 말하는 건 국어책 읽는 것 같지 않을까? 아빠에게 야단을 맞지 않기 위해 형식적으로 말하는 것이 나 스스로 용납되지 않았다. 그러면 아빠랑 내가 진짜로 어색한 사이가 될 것 같아서다. 아빠와 아들 사이만큼은 머리로 생각해서 말을 하기보다 가슴에서 하고 싶은 대로 해야 하지 않겠는가. 내가 편해질 때, 내가 충분히 말하고 싶을 때 말하고 싶었다.

그래서 나는 아빠에게로 향하는 마음의 방문을 잠깐 닫았다. 언제가 될지 모르지만 아빠가 나의 마음을 알아줄 때까지.

말을 해, 오빠!

수현

아빠와 오빠 사이에 한바탕 폭풍우가 지나가고 나면 오빠 방문을 두드렸다. 오빠가 답답하고 아빠가 힘들어 보여서다.

"오빠, 왜 말 안 했어?"

내가 이렇게 물으면 오빠는 이상하게 말이 목구멍까지 차오르는데 밖으로 안 나온다고 했다.

"왜 말이 안 나오지?"

나는 그게 정말 답답했다. 말을 하고 싶지만 안 나오는 것, 그런 것도 있을까?

"아빠 잘못했어요, 용서해주세요, 딱 이 한마디만 해. 그러면 끝나. 아무 말 안 하고 있으면 얼마나 답답한지 알아? 그러면 누구든 화가 난다고."

"그렇지만 말하고 싶은 건 많은데 아빠의 화난 얼굴을 보면 머리가 하얘져."

오빠는 무표정한 얼굴로 그렇게 말했다. 나는 처음에는 오빠가 반항하는 거라고 생각했다. 남들은 오빠의 무표정을 무반응으로 여긴다. 그런데 오빠는 무반응을 보이는 것이 아니다. 내가 이해할 순 없지만, 진심으로 아빠 앞에서 말이 안 나오는 것이었다. 오빠는 나와 엄마한테는 말을 잘하지만, 아빠 앞에만 서면 거짓말처럼 머릿속과 마음이 검은 화산석으로 가득 찬 돌하르방이 되었다.

그런데 그건 오빠의 표현 방식이었다. 말을 하고 싶은데 말이 안 나오면 무표정으로 위장하는 것! 그런 오빠와 대화를 하려면 상대가 누구든 오빠를 인정해줘야 한다. 물론 본인도 극복해야 하지만 말이다.

'크레셴도'를 만들 때 오빠는 그때의 마음을 담은 모양이다. 자신처럼 말을 못하는 친구들이 분명 어딘가에 있을 것이라고……. 남이 상처 입을까봐 말을 못하는 친구들이 있다면 말하라는 거다. 그 말 못하는 사람의 마음을 알아주면 훨씬 말하기 쉽지 않을까?

'아빠 출입 금지.'

오빠의 방문은 늘 열려 있었다. 아빠의 방문도 열려 있었다. 그런데 오빠는 방문 앞에 이렇게 써놓고 문을 잠가버린 사람처럼 사춘기를 보냈다.

실제로 이런 사람도 있을 것이다. 그런다고 해결되는 것은 하나도 없는데…….

목소릴 높여 high 날 좀 알아줘 hi!

내 목소리를 잡아 catch tightly oh hey

비집고 들어가 틈을 너를 작게 만든 아픔을 소리쳐

널 비추는 하늘 향해

내 목소리가 하늘에 닿아 울려

구름도 나를 듣기까지 맘에 들 때까지

있는 듯 없는 듯 축 처진 고개는 들고선
들뜬 애들처럼 놀아 라시도레미파

오빠가 그 지독한 1년을 보내고 다시 입을 열게 되기까지 가족 모두가 힘들었다. 오빠도, 아빠도 잘못한 것이 없는데 말이다. 사람들은 그게 사춘기라고 했다. 누구는 그게 중2병이라고도 했다. 원인을 알 수 없는 그 병은 중학교 2학년 때 걸리는 병인 모양이다. 오빠는 그때 중2, 열다섯 살이었으니까.

암흑의 기사 ♟️⁺

찬혁

'아빠 출입 금지'를 한 채 나 홀로 동굴 속으로 한없이 파고들던 중2, 어느 날부턴가 인터넷에 내 사진을 올리기 시작했다. 사진 속의 나는 허세에 잔뜩 찬 표정과 포즈를 하고 있다. 그 과장된 모습이 너무나 만족스러웠다. 사람들은 그런 내 모습을 보며 함께 웃고 즐겼다.

중2의 허세는 아무도 못 말린다. 지구별에서 가장 허세에 찬 존재들이 아닐까 싶다. '중2병'이라는 말도 있지 않은가. 아이와 어른 사이, 사춘기의 절정일 때 어른인 척, 멋있는 척하는 그 모습들이라니.

그런데 실상을 알고 보면 아무것도 아닌 허당들일지도 모른다. 그저 모든 걸 자기중심적으로 받아들이기 때문에 괜히 욱하고, 고집부리고, 후회하면서도 사과는 하지 않는다. 상처입는 걸 두려워하면서도 거리낌 없이 상처를 입힌다. 무엇보다 우주에 나 혼자 떨어져 있는 듯이

중학교
2학년
허세찬~

외롭다. 그래서 저마다 일명 '흑역사'를 창조하는

것일지도.

나의 흑역사를 누군가 봐주기만 해도

사람들과 이어져 있는 느낌, 댓글이 많이

달릴수록 조회수가 높을수록 나를 더 이

해해주는 듯한 느낌. 나중에 커서 보면 부

끄러워 밤에 이불을 걸어찰 일이지만 그때

는 무척이나 중요했다.

〈K팝 스타〉가 끝나고 인터넷에 내 이름을 쳐보니 연관 검색어에

'이찬혁 흑역사', '이찬혁 중2병'이 자리잡고 있었다.

내가 모르는 내 엽기 사진이라도 있었나? 불안한 마음에 검색해보

니 다행히 내 허세 사진들이었다. 허세를 부리는 것은 가사를 쓰는 것

과 비슷하다. 요즘도 계속 사진을 찍고

있고, 그 강도는 더 세지고 있지만

멈추고 싶지 않다. 아니, 난 그 창피

함을 즐긴다. 허세에는 바퀴가 달

린 걸까? 멈춰지지 않은 채 더욱 빠

르게 질주를 하니 말이다.

이런 사진을 올리기 시작한 건

인기나 관심을 바라서는 아니다. 때로 나를

중학교 2학년 같은 헛된 망상과 허세로 포장해보는 것에 불과하다.

물론 가끔은 사진들을 올리면서 부끄러워 온몸에 소름이 돋아 거실로 뛰쳐나간다. 그렇긴 하지만 이건 내가 꾸준히 즐기는 몇 안 되는, 꽤나 마음에 드는 취미 중 하나다. 인터넷에 올려진 흑역사를 보며, 나 스스로 부끄러움에 몸서리를 치더라도 계속할 것이다.

그것에서 의미를 찾거나 그것을 통해 나의 정신 세계를 분석하는 건 무의미하다. 흑역사는 단지 흑역사로 그렇고 그런 날들의 심심한 기록일 뿐이니까. 굳이 의미를 캐내고 찾으려는 사람들을 보면 왠지 모를 민망한 웃음이 나온다. 그런데도 멈출 수 없는 이유는 뭘까? 중2의 그 난해한 정신 세계여 영원하라는 오마주일까?

외계인들이 모이면

찬혁

나에게 춤은 세상 밖으로 나가는 길이었다. 춤을 좋아하는 친구들은 다들 자신을 말이 아닌 춤으로 표현하려고 한다. 춤 좋아하는 사람치고 말 많은 사람 없다. 보여주면 그만인데 왜 굳이 말로 설명을 하겠는가. 나는 친구들이 춤을 가르쳐달라고 하면 기꺼이 가르쳐주었다.

내가 본격적으로 춤을 추기 시작한 건 교회에서 워십 댄스 동아리를 만들면서부터다. 나는 동영상을 찾아서 따라 하기도 했지만 조금씩 새로운 동작을 넣어서 안무를 짰다. 친구들의 반응은 열정적이었다. 워십 댄스 동아리는 내가 상상한 것 이상으로 커졌다. 덕분에 내 일도 상상한 것 이상으로 많아졌다.

그런데 집 밖에서는 아무리 힘든 일이 있어도 별로 힘들게 느껴지지 않았다. 집에 들어가면 무거운 공기가 나를 막아서지만 밖에만 나가면 더없이 상쾌했다. 우리는 모두 같은 마음을 가진 중2였으니까.

친구들과 들판 한가운데 게르를 짓고 춤을 추고, 축구를 하고, 배가 고프면 아무것이나 사냥해서 먹는 야생 생활을 하고 싶었다. 안락한 집은 나를 보호해주지만 자유를 구속한다. 아빠는 그때 나를 외계

인이라고 불렀다. 내 친구들 부모님도 내 친구들을 외계인이라고 생각했다. 그러니 서로 대화가 통하는 외계인들끼리 모일 수밖에!

워십 댄스 동아리는 어른들이 보면 규칙도 없는 이상한 그룹이었다. 모임을 할 때마다 빠지는 멤버들이 꼭 몇 명씩은 있었다. 어떤 단체든 어떤 일이든 백 퍼센트일 수는 없지 않은가! 그런데 어른들은 그 백 퍼센트를 무척이나 중요하게 여긴다. 과정을 소중하게 여기라고 하면서도 어른들은 결과를 중요시한다.

댄스 동아리에 유난히 잘 참석하지 않는 친구가 있었다. 감정의 기복이 심한 친구였다.

"네가 데리러 오면 갈게."

그 친구는 내가 전화를 하면 그렇게 말했다.

"그래, 조금만 기다려."

그러면 나는 교회까지 가는 빠른 길을 두고 그 친구를 데리러 돌아서 갔다. 부모님은 왜 그렇게까지 하느냐고 했다. 그 친구는 내가 그래줄 걸 아니까 그런 말을 한 것이다. 만일 내가 그 친구를 데리러 가지 않으면 그 친구는 상처를 입을 거다. 나는 내가 상처를 입는 것도, 친구들이 상처를 입는 것도 싫었다.

"넌 너무 소심해. 따라오게 만들어야지. 왜 말을 못 하니?"

"왜 당당하게 리더로서 요구하지 못하고 그 애를 데리러 가니?"

난 사람들이 모두 군인처럼 리더의 말을 따라야 한다고 생각하지 않는다. 모두 따라주지 않는다고 화를 내면 스스로 상처를 입게 된다. 나는 결코 소심하지 않다. 정말 소심하다면 리더 노릇도 못할 거고, 앞장서서 무대에 올라가 춤도 추지 못할 것이다.

'남들이 그렇게 생각하거나 말거나 내버려두자. 그냥 내 식대로 하면 되는 거야.'

나는 그렇게 속 편하게 생각하기로 했다. 댄스 동아리는 어른들이 보기에는 뿔뿔이 제각각인 것 같았지만 늘 멋진 무대를 꾸몄다.

'저 애들의 머릿속에는 뭐가 있을까?'

어른들은 그렇게 생각했을 것이다. 그건 우리도 마찬가지로 궁금했다. 우리는 혼자 있으면 어두웠지만 함께 모이면 뜨거운 열정으로 빛이 났다!

90점만 넘기면 돼!

찬혁

시험 때문에 고민 안 해본 사람이 있을까. 홈스쿨링을 해서 시험과는 전혀 상관없을 것 같은 나도 한때 시험 때문에 고민을 했다. 바로 고입 검정고시다.

몽골에 온 지 3년쯤 되었을 때 우리 가족은 비자 때문에 다시 한국에 가야 했다. 그때 나의 가장 큰 숙제는 검정고시였다. 부모님은 동의하지 않겠지만 공부는 충분히 했다고 생각했다. 다만 나에게는 당장 눈앞의 시험보다 더 중요한 고민이 있었다. 내가 대학에 가야 할까, 간다면 어느 대학에 가야 할까였다. 나는 꿈 계획서를 아빠에게 보여주어야 한다는 의무감 같은 게 있었다. 아빠는 결과보다는 과정을, 그리고 무엇보다 목표를 더 중요하게 생각하는 분이니까.

'60점만 받으면 검정고시 통과하는데, 설마 그 정도야 넘겠지!'

나는 자신 있었다. 그래서 신발 밑창이 다 닳을 때까지 친구들과 공을 차고 놀았다.

"혹시나, 정말 혹시나 시험에서 떨어진다면 다음에 보면 되지 뭐!"

말은 그렇게 했지만 다음에 또 볼 생각을 하니 아찔했다. 한번에 끝내는 게 나을 것 같았다. 그런 마음이 들자 비로소 문제집이 눈에 들어왔다. 그때부터 열심히 문제집을 풀기 시작했다. 90점을 넘기면 내가 그토록 갖고 싶어 하던 아이팟을 사주겠다는 아빠의 달콤한 약속도 있었다.

검정고시일까지 석 달. 나는 그때부터 중학교 1학년에서 3학년 과정의 문제집을 그야말로 '파며' 공부했다. 늘 영어 위주로 공부하고, 국어·수학·사회·과학은 신경을 안 쓰다가 벼락치기로 하려니 머리가 지끈거렸다.

'여기서 포기하면 앞으로 3년은 더 홈스쿨링을 해야 하고, 90점으로 합격하면 아이팟과 함께 고등학교라는 희망이 찾아온다.'

설렘 반 떨림 반으로 시험을 치렀다. 예상대로 영어는 10분 만에 다 풀 정도로 쉬웠다. 그러나 공부를 많이 못한 사회에서 점수를 많이 깎아먹은 것 같았다.

며칠 후, 시험 결과가 나왔다. 아빠는 흡족한 웃음을 지으셨다. 하지만 나는 말도 안 되는 점수를 믿을 수 없었다. 89.34점.

아빠 입장에서는 절대 아쉬운 점수가 아닌 데다 아이팟을 안 사줘도 되는 점수였다. 나는 속으로 아쉬워하면서도 기뻐하는 아빠의 모습을 보며 내가 이룬 승리를 자축했다. 비록 아이팟은 내 손안에 들어오지 못했지만, 다른 친구들이 중학교를 졸업할 때까지 6개월의 자유를 얻었다.

"이제부터는 네가 하고 싶은 것, 마음대로 해."

아빠가 선언했다. 더 이상 공부 안 해도 된다는 말이다. 해야 할 일을 끝내놓으면 하고 싶은 일을 마음껏 할 수 있다. 자유! 그것이 얼마나 짜릿하고 달콤한지는 누려본 자만이 알 수 있을 것이다.

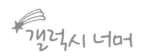

갤럭시 너머

찬혁

검정고시를 보고 다시 몽골에 왔다. 어느 날부터 춤을 추던 친구들이 기타를 치기 시작했다. 평소에 아빠가 기타를 멋있게 치는 모습을 보면서 나도 기타에 관심을 가지던 차였다. 아빠는 기타를 많이 쳐서 손가락 끝에 굳은살이 박여 손가락 끝이 올록볼록했다. 피아노를 칠 때처럼 손가락을 동그랗게 오므리고 바닥에 내리치면 딱 소리가 날 정도였다.

여섯 줄짜리 기타를 들고 끙끙거리는 나를 보며 아빠는 기타를 잘 치는 형에게 레슨을 부탁했다. 마음 같아서는 직접 가르치고 싶어 하셨지만, 바쁘다보니 시간이 나지 않았다.

그 형에게서 일주일에 한 번씩 두 달 동안 기타를 배웠는데 잘 치지는 못했다. 형은 내 기타 실력이 늘지 않는 것을 보고 갑갑해했다. 지

금 생각해보니 난 누군가에게 배우기보다는 스스로 깨우치는 스타일인 것 같다. 나 혼자 끙끙거리는 게 훨씬 편하고, 내 마음대로 코드를 이리저리 잡아보고 변형해보는 게 좋았다

레슨은 얼마 지나지 않아 포기했지만, 기타는 나에게 더없이 좋은 친구가 되었다. 하루 종일 기타를 이리저리 잡아보면서 어울리는 음을 찾아내곤 했다. 기타줄 때문에 손가락 끝이 아려올 무렵, 친구들 사이에 핫뉴스가 전해졌다. 아는 형이 '아이팟'이라는 곡을 만들었다는 것이다.

"아이팟~ 아이팟~."

누구나 할 것 없이 그 형이 만든 노래에 빠져들었다.

'나도 작곡을 한번 해볼까?'

그 모습을 보고 내심 부러웠던 모양이다. 그 순간, '아이팟'이라는 노래에 대적할 만한 제목이 떠올랐다. 유레카! '갤럭시'였다. 다들 뻔한 곡이 나올 거라 예상했지만 나는 반전을 의도했다. 친구들은 모 회사의 휴대전화를 떠올렸겠지만, 내 머릿속에는 은하수가 펼쳐졌다. 갤럭시, 생각할수록 절묘한 제목이었다. 흔한 네 개의 코드에 멜로디와 가사를 입히기 시작했다. '갤럭시'란 곡을 만드는 데는 30분도 걸리지 않았다.

'맙소사, 작곡이란 게 이렇게 쉽고 재미있었다니!'

'갤럭시'를 완성하고 나자 또 다른 곡이 머릿속에 떠올랐다. 나는

신이 나서 30분 만에 두 번째 곡인 '우울하니?'도 만들었다.

너무나 흥분되어 인공위성이 되어 은하로 솟구치는 것 같았다. 비유를 하자면 먼 은하에서 내게로 오는 무언가가 있었지만, 그동안 길이 막혀 받지 못했다. 그런데 '갤럭시'란 노래가 내게로 오면서 그 막힌 길을 완전히 뚫어버렸다. 이제 은하에서 온 그 멋진 선물을 수현이와 가족들과 나누는 일만 남아 있었다.

갤럭시 너 혹시 나와 같이 날아가볼래

반짝이는 팅커벨의 가루가 너와 나를 띄워줄 거야

누가 숨어 우릴 볼지도 몰라

날 위한 축제가 있을지도 몰라

다만 분명히 영롱한 물안개 너머

내 꿈 둥둥 떠다닐 거예요

아빠의 리액션

찬혁

어제와 다른 나. 작곡을 하면서부터 나는 새로운 삶을 맞이하게 되었다. 그저 생각나는 대로 만든 곡인데, 부모님의 반응은 그야말로 '빅뱅'이었다. 특히 아빠는 밥을 먹고 나면 후식으로 우리의 노래를 듣고 싶어 했다.

아빠는 음악에 대해서는 남다른 안목이 있다. 감수성 풍부한 스무 살 무렵 작곡도 많이 하셨고, CCM 가수가 되고 싶어 했던 적도 있었다. 나는 아빠에게 인정받자 조금 으쓱해졌다. 엄마의 반응은 "멋지다!", 수현이의 반응은 "부럽다", 친구들의 반응은 "의외다"였다.

이렇게 음악에 눈을 뜨자 어딘가 숨어 있던 멜로디들이 출구를 찾은 듯이 내 머릿속에서 마구 나왔다. 내 마음속에 그렇게 많은 노래들이 숨어 있었다니, 그동안 하고 싶은 말이 많았던 걸까? 어떤 날은 친구들에게 노래 주문을 받기도 했다.

"다리 꼬지 마, 어때?"

그렇다고 모든 소재가 다 나에게 영감을 주어 노래가 술술 나오는 건 아니었다. 때로는 만드는 데 시간이 필요한 노래도 있었다. 솔직히 다리 꼬지 마라는 소재는 막막했다. 이 소재를 준 친구의 기대감을 확실히 채워주고 싶었지만, 어떤 스토리로 만들지는 오래 생각해야 했다. 억지로 만들면 노래가 자연스럽지 못했다. 다리를 꼬았을 때 발끝부터 전해지는 그 저림을 느낀 뒤에야 자연스러운 곡이 나왔다. 곡을 완성하고 엄마, 아빠한테 달려갔다.

"엄마 아빠, 이 노래 들어보세요!"

우리가 노래를 부르면 아빠는 그것을 동영상으로 찍었다.

"찬혁아, 어떻게 이런 노래를 만들었니? 정말 좋다."

아마 이때부터였을 것이다. 아빠와의 담이 조금씩 허물어진 것은. 아빠는 수현이보다 내 이름을 더 자주 불러주는 것 같았고, 눈빛도 한결 다정하게 느껴졌다.

내가 '갤럭시' 노래를 만든 건 어쩌면 우연이었을지도 모른다. 거기서 작곡을 멈출 수도 있었고, 취미로 즐겼을 수도 있다. 그러나 아빠의 뜨거운 반응은 나로 하여금 계속 노래를 만들게 했다.

누군가 내게 노래를 잘 만드는 비결이 무엇이냐고 묻는다면, 주위에서 잘 들어주는 것이라고 말할 것이다. 부모님이 내 노래에 반응하는 게 큰 힘이 되었고, 빠른 속도로 실력이 느는 동기가 되었다.

그 후 아빠의 아들 사랑은 가속 페달을 밟고 빠르게 전진했다. 한 번은 내가 교회에서 친구들이랑 춤추는 걸 보시더니 아빠가 갑자기 너무도 열심히 박수를 치시는 것이 아닌가! 그전에도 내가 춤추는 모습을 여러 번 보여드리기는 했지만, 친구들과 함께 어울리며 온몸이 부서져라 춤추는 모습은 처음 보셨을 것이다. 아빠는 그 모습이 새롭게 보였는지 동영상을 찍어 유튜브에 올리곤 하루에도 몇 번씩 돌려 보셨다. 그러면서 내게 말씀하셨다.

"찬혁아, 난 네가 춤을 잘 춘다고는 생각했지만 이렇게 잘 추는지

는 몰랐어. 그동안 내가 너를 너무 몰랐다는 생각이 든다. 미안하다."

아빠는 잘못해서 미안한 게 아니라 몰라서 미안하다고 했다. 그 후 내가 아빠의 물음에 즉각 대답하지 못해도 재촉하지 않았다.

하루 종일 노래 부르며 작곡하는 게 일과가 되었다. 더 이상 홈스쿨링을 안 해도 되는 데다 기타 치고 노래만 부르니 이 세상에서 나보다 더 자유로운 사람은 없는 것 같았다. 게다가 아빠가 "잘한다 잘한다" 하니까 '아, 나도 진심으로 잘하는 게 있구나' 싶은 마음이 들었다.

반짝반짝 작은 별님 날 조금만 비춰주세요
이제 어때 좀 봐줄 만은 한가요
동쪽하늘 서쪽하늘 둘러보면
모든 하늘은 그렇게 날 향해 있다죠

악동뮤지션 ♬♪

찬혁

아빠는 내가 만든 노래를 사춘기 아이가 심심풀이로 만든 노래라고 여기지 않았다. 그리고 그걸 다른 사람들에게도 들려주고 싶어 했다. 아빠 자신이 듣기에 좋아 세상 누군가도 알아주고 귀 기울여주지 않을까 생각한 것이다.

"너희가 노래한 동영상을 유튜브에 올리려고 하는데, 그러려면 이름이 있어야 하지 않을까?"

"악동뮤지션 어때요?"

수현이가 냉큼 말했다.

악동이라면 나쁜 아이들? 나도 모르게 새의 몸짓을 하며 온몸으로 반대 의사를 표현했던 모양이다. 나는 예전부터 뭔가 싫을 때는 새의 몸짓을 하곤 했다. 아빠가 그런 나를 보며 말씀하셨다.

"찬혁아, 악동의 뜻을 음악을 좋아하는 아이들이라는 악동樂童으로 바꾸면 돼. 음악의 악 자도 악樂이라고 쓰지 않니?"

음악을 좋아하는 아이들. 그건 살짝 그럴듯해 보였다. 악뚱악뚱, 발음도 왠지 악동스러운 게 어감도 뜻도 마음에 들었다. 거기다 뮤지션이라니, 꽤 근사했다.

아빠가 처음에 동영상을 유튜브에 올릴 때는 우리의 노래를 백 명만 들어도 좋겠다고 생각했다. 하지만 우리의 예상과 달리 조회수가 만명이 넘어갔고 댓글의 반응도 좋았다.

"악동뮤지션 너무 좋아요. 또 올려주세요."

"기다렸어요!"

"새 노래 빨리 듣고 싶어요."

"내 얘기 같아요."

"노래를 듣고 있으면 기분이 좋아져요."

많은 사람들이 나의 미니홈피, 수현이의 블로그를 찾아왔다. 몽골의 작은 아파트에 사는 우리의 노래를 듣기 위해 수많은 사람들이 접속을 한 것이다. 우리의 영역은 점점 넓어졌다. 한국에 있는 사람들도 저 멀리 미국에 있는 사람들도 우리 노래를 듣고 댓글을 올렸다. 월드와이드넷www이 그야말로 전 세계를 거미줄처럼 이어준다는 것을 실감했다.

'세상이 우리 노래에 반응을 보이다니……'

'이런 꿈같은 일이 생기다니…….'

묘하다는 말로는 표현할 수 없는 벅찬 느낌이었다. 또 한번 모든 하늘이 나를 향해 열리는 기분이었다. 마치 우리와 저 은하 너머에 있는 얼굴 모르는 이들이 노래로 통하는 것 같았다. 우리가 유튜브에 동영상을 올리고 뚜뚜뚜 신호를 보내면, 이 세상 어딘가에 있는 이름 모를 이들이 그 신호를 받고 뚜뚜뚜 답신을 보내는 것 같았다. 막연하게나마 아빠와 엄마의 바람대로, 그리고 우리의 바람대로 세상으로 가는 길이 만들어질 것만 같았다.

츄, 츄, 달려보자! ⛰

찬혁

그 너머에는 무엇이 있을까? 우리가 가보기 전에는 그 너머에 무엇이 있는지 알 수 없다.

칭기즈칸과 초원의 나라 몽골도 그랬다. 칭기즈칸이 전 세계의 절반을 차지한 정복왕이라는 것은 위인전에서 읽었지만, 몽골에 대해서 아는 것이라고는 초원과 말 외에 아무것도 없었다. 그 너머에 무엇이 있는지 몰랐다.

아빠는 몽골에 오고 싶어서 5년 동안 엄마를 조르고, 우리에게 몽골 이야기를 하며 설득했다. 엄마와 아빠는 '선교'라는 목적이 있어서 몽골에 왔지만 나는 아무것도 모르고 부모님을 따라왔다. 그건 수현이도 마찬가지였다. 아빠가 아프가니스탄이나 밀림 한가운데 간다고 해도 우리는 가야 했다. 가족이니까. 가족은 언제 어디서든 같이 있어야 하니까, 선택할 수 없는 상황에서는 받아들일 수밖에 없다.

그렇게 도착한 몽골에는 새롭고 재미있는 것들이 많았다. 가장 먼저 게르가 눈에 띄었다. 우리는 게르에 살지는 않았지만, 초원 한가운데 지어진 게르를 보면 신기했다. 더구나 접었다 폈다 하는 우산같이 생긴 게르는 택배로 배달되어 온다고 했다. 집이 택배로 배달되어 오면 우리가 그 집을 짓고 그 안에서 산다는 것이다. 얼마나 재미있는 일인가.

우리 가족의 여행 풍경도 달라졌다. 주말에 아는 삼촌들이 초원으로 놀러가자며 우리 가족을 데리러 오면 우리는 차를 타고 벌판을 달렸다. 그야말로 지구는 둥그니까 앞으로 나가면 온 세상을 다 만날 것처럼 들판을 달리고 또 달렸다. 수현이는 선루프를 열고 그 위로 고개를 쑥 내밀고 하늘을 향해 두 팔을 벌렸다. 겨울에는 얼어붙은 강물 위를 차로 건너다 얼음이 깨지는 소리에 놀라서 소스라치기도 했다.

우리가 자주 갔던 곳은 순수한 자연, 몽골의 대표적인 쉼터, 테를지 국립공원이다. 우리는 관광객에게 개방되는 길이 아닌 비포장 길을 택해서 갔다. 그쪽이 더욱 아름답고 고즈넉하기 때문이다. 양들과 염소들이 드넓은 초원에서 풀을 뜯는 광경은 그야말로 장관이다.

말을 타러 갈 때도 있었다. 칭기스칸과 함께 아랍으로, 인도로, 동북아시아로, 러시아로, 유럽으로 전 세계를 달렸던 몽골의 말들은 생긴 건참 볼품없다. 머리는 커다랗고 목과 다리는 짧고 발목은 굵다. 털은 강아

지털이나 고양이털처럼 부드럽지 않고 까슬까슬하다.

　말을 처음 타러 갈 때는 내심 기대를 했다. 목도 길고 갈기도 멋지게 휘날리는 명마의 후예를 탈 거라고 말이다. 그런데 세계에서 가장 유명하다는 몽골의 말들이 이렇게 못생겼을 줄이야……. 게다가 사람을 태운 경험이 많아서인지 안장에 앉는 자세만으로도 이 사람이 말을 잘 타는지 못 타는지를 구분한다. 마부가 고삐를 틀어쥐고 있는데도 투레질을 해대는 모습은 한눈에도 성질이 만만찮아 보인다. 말 잔등에 오르면 마치 바위에 오른 것처럼 단단했다.

　처음 탔을 때는 아무리 빨리 달리라고 재촉해도 말이 천천히 걷기만 했다. 그런데 방심한 채 한 손으로는 줄을 잡고 다른 한 손은 공중에서 놀리고 있을 때 갑자기 말이 질주하기 시작했다. 그 바람에 어어, 소리를 지르며 앞으로 뒤로 넘어갈 뻔하다가 겨우 중심을 잡았다. 귓전으로 바람이 쌩쌩 지나갔다. 몽골인 마부가 내 말보다 더 빠른 속도로 달려오면서 내 말에게 멈추라고 소리를 질렀다. 그러나 말은 아랑곳 않고 마구 내달렸다. 이윽고 산 입구에 이르러 온 힘을 다해서 고삐를 잡아당기자 그제야 말은 멈춰 섰다.

　말이 나를 테스트한 것이다. 말은 사람이 타면 자신을 탈 만한 자격이 있는지 테스트한 다음에 탈 자격이 없다고 생각되면 바로 날뛰어서 떨어뜨리거나 산으로 올라간다고 했다.

　나는 이렇게 된통 혼이 난 이후 말을 잘 타게 되었다. 대부분 무서워서 못 타거나 아니면 담대하게 맞서는데 나는 후자였다. 몽골에서 나고 자란 사람들만큼은 아니지만 이제 제법 고삐를 틀어쥐고 곧잘 달린다. 달리는 말 잔등에 앉아 있으면 온몸의 근육이 긴장한다. 두 시간 정도 타면 다음 날 근육통을 경험한다. 이것을 이기면 말을 탈 수 있는 능력이 생긴다.

"츄, 츄, 달려보자!"

그 드넓은 초원의 끝은 어딜까? 초원이 끝날 때까지 한번 달려보고 싶다는 엉뚱한 생각이 들었다. 8백 년 전 칭기즈칸이 군대를 이끌고 유럽으로, 아랍으로, 아시아의 끝인 인도로 달렸던 것처럼. 초원이 끝날 때까지 달리면 그 너머에는 무엇이 있을까?

part 3
내가 주인공이 된 동화

난 끼가 조금 있는 별아니 yeah
어눌하지만 멋진 옹안이 ha
everybody 모두 손반이
이리로 저리로 왔다리
(where are you going?) 갔다리
난 다분야에 문어다리를
걸치고 있는 재주꾼
다시 꿈을 찾아 헤매요 재밌군
oh my style

너무 거칠어 넘어지기 쉬워
울퉁불퉁해도 나는 즐겨
너무 까칠해 나는 지기 싫어
이기고 싶다면 난 끈질겨
다 해져버린 운동화로 그건
나만의 world on white 도화지
정말? 내가 주인공이 된 동화
here we go

K팝 스타…? 재밌겠다! ⏸️▶️

찬혁

38도를 오르내리는 찌는 듯한 무더위에 주차장을 개조한 에어컨도 없는 원룸. 우리 가족은 3년 전에 몽골에서 비자 문제로 다시 한국에 나왔을 때 이곳에서 머물렀다. 지금 생각하면 그곳에서 어떻게 보냈을까 싶지만, 그때는 모두 음악놀이에 빠져 있느라 더운 줄도 모르고 지냈다.

수현이는 새 노래를 부르는 놀이, 엄마는 새 노래를 듣는 놀이, 아빠는 노래를 빨리 다른 사람에게 들려주고 싶은 놀이, 나는 새 노래를 만드는 놀이. 그 좁은 방 안에서 네 명의 에너지가 모두 노래 하나에 집중되어 있었다.

"아빠, 또 올리세요?"

부모님은 우리보다 더 놀이에 열성적이었다. 엄마는 녹음이 시작되면 창틀에 올려진 선풍기마저 껐다. 선풍기가 돌아가면서 내는 소음이 들릴까봐서다. 그런데 동영상 촬영은 보통 한 번에 끝나지 않는다. 찍다 보면 소음이 끼어들거나 갑자기 기침이 나는 것 같은 돌발 변수가 생기기 마련이다. 몇 번을 다시 찍다보면 가족들은 땀범벅이 된다.

동영상을 다 찍고 나면 수현이와 나는 숙소 앞의 햄버거 가게로 달려가서 땀을 식혔지만, 아빠는 그사이 동영상을 편집해 유튜브에 올리고 엄마는 집 안을 정리했다. 긴 여름 해가 넘어가면 우리는 그제야 그림자를 끌고 집으로 왔다.

우리가 유튜브에 올린 동영상 중에는 그 집에서 찍은 것이 많다. 그곳에서 30여 곡을 작곡했으니! 이때 만든 노래들을 들어보면 다 희망의 메시지를 담고 있다. '크레센도'나 '외국인의 고백' '매력있어' '못나니' 같은 노래가 모두 이때 우리를 찾아왔다.

무더운 여름날, 우리는 스스로에게 좋은 노랫말들을 불러주며 최면을 걸었던 모양이다. 아무리 힘든 현실이라도 마음의 빛이 있는 사람은 힘든 시간을 잘 버텨낸다고 했다. 하염없이 기다려야 하는 방랑의 시간일지라도.

그 무렵 프로튜어먼트라는 곳에서 연락이 와서 길거리 공연을 같이 해보지 않겠느냐고 했다. 프로튜어먼트는 아마추어 아티스트들을 프로의 길로 들어설 때까지 옆에서 도와주고 공연 무대를 만들어주는 대학생 단체였다. 그들은 유튜브에서 우리 노래를 들었다고 했다. 나는

유튜브 조회수가 올라갈수록 두근두근 심장이 뛰었던 경험을 떠올리며 하루빨리 관객과 직접 만나보고 싶었다.

"오빠, 유튜브로 우리를 알게 된 사람을 길거리에서 만나면 어떤 느낌일까?"

"글쎄?"

그저 우리 노래를 들어주는 분들을 직접 만나는 것 자체가 가슴 뭉클한 감동일 것 같았다.

프로튜어먼트 형, 누나들과 함께 작업하는 것은 우리에게는 미지의 세계였다. 같이 무대에도 오르고, 녹음도 하고, 다른 프로튜어먼트 팀들의 콘서트도 보았다. 그들은 우리의 공연을 유튜브에 올렸다. 비록 관객 없는 길거리 공연, 2만 원짜리 스티로폼으로 막은 녹음실에서 한 녹음일망정 우리는 그것만으로도 좋았다. 그리고 그들 중 누군가가 〈K팝 스타〉 이야기를 했다.

'〈K팝 스타〉……? 재밌겠다!'

우리는 이미 또 다른 모험을 떠날 생각에 들떠 있었다. 어떤 일이든 그 일을 해나가는 과정에서 무엇인가 배울 수 있으니까 늘 모험의 양탄자를 타라는 게 부모님 지론이다.

"또 다른 홈스쿨링이라고 생각하고 한번 참가해봐."

아니나 다를까 부모님은 우리를 힘껏 격려해주셨다. 이렇게 해서 우리는 재미있는 일을 해보자는 생각으로 〈K팝 스타〉에 도전하게 되었

다. 아빠가 올린 유튜브 동영상, 프로튜어먼트 공연을 거쳐 〈K팝 스타〉
가 음악 여행의 바통을 이어받은 것이다.

예선 전부터 수현이와 나는 경연에서 어떤 곡을 할지 정해놓았다.
예선에서 본선 파이널 무대까지 목적지가 어디가 될지는 몰랐지만 무
작정 여행을 떠나는 기분이었다. 정글숲이 나올지 도토리숲이 나올지
는 모르지만 준비한 식량은 넉넉했고, 자신감도 있었다.

여기까지 들을게요! ✋STOP

수현

〈K팝 스타〉 예선 경연장. 예선을 보러 갈 때는 "이제 시작이다!"라며 신이 났는데, 경연장에 들어서고 보니 기가 팍 죽었다. 엄마 스웨터를 빌려 입고 간 나와 오빠만 평범한 일반인 같았다. 검은 가죽바지, 스모키 화장, 진한 향수 냄새, 아찔한 힐, 다들 연예인 포스를 풍기며 경연장으로 들어왔다.

나는 눈이 휘둥그레진 채 참가자들의 모습을 바라보았다. 오빠는 그런 나를 데리고 사람들 사이를 조심스럽게 빠져나가 계단 한 귀퉁이로 갔다.

"수현아, 맞춰보자."

"응."

오빠는 다른 사람에게 방해가 될까봐 모기만 한 목소리로 말했다.

우리는 계단 한쪽 구석에 쪼그리고 앉아 혹시 우리 목소리가 다른 사람에게 들릴세라 작은 목소리로 연습을 시작했다. 그러다 누가 지나가기라도 하면 오빠와 나는 자동으로 멈췄다.

그곳에서는 심사위원들의 "여기까지 들을게요"라는 말이 가장 무서운 말이었다. 어디까지 들려줄 수 있을까? 참가자들이 북새통을 이룬 복도에 서 있으면 길을 잃어버리기 딱 좋았다. 한쪽은 희망역, 다른 한쪽은 절망역!

의정부 집에서 경연장과 연습실이 있는 곳까지는 왕복 다섯 시간. 두 시간 반을 걸려 경연장에 도착할 때는 무거운 발걸음으로, 그 전투장 같은 분위기 속에서 합격을 하고 집으로 갈 때는 가벼운 발걸음으로 향했다. 본선 첫 곡으로 우리는 '다리꼬지마'를 불러 합격했다. 집과 경연장을 오가는 횟수가 거듭될수록 빠르게 적응해나갔다.

경연장은 눈에 보이지 않는 견제와 신경전으로 뜨거웠다. 같은 노래를 부르는 팀들의 신경전은 더욱 팽팽했다. 어느새 우리도 그 팽팽한 긴장과 신경전에 익숙해졌고, 그만큼 욕심도 점점 커져갔다. 더 이상 '해도 그만, 안 해도 그만'인 체험 학습이 아니었다. "버클리 갈 거야!"라고

했던 것처럼, 꼭 이루고 싶은 또 다른 꿈이 생겼다.

　자신의 색깔이 없는 흉내쟁이는 탈락, 겉멋이 들어도 탈락, 연습 부족으로 실수해도 탈락, 재능이 없어도 탈락……

　오디션 심사 기준이 정확히 무엇인지는 모르지만, 우리도 어렴풋이 짐작할 수 있었다. 평소에 좋고 나쁘다고 생각했던 기준들이 꿈에도 그대로 적용된다는 것을!

좌충우돌, 그리고 반전 ☁️

수현

학교에 다니면 방학도 있고 휴일도 있는데 오디션은 그 모든 것이 없었다. 한 무대가 끝나면 다음 무대로 바로 이어졌다. 몸도 마음도 녹초가 되어갔다. 그런데도 오빠는 덤덤하게 작가들이 전해주는 새로운 미션에 귀를 기울였다.

나는 그런 오빠 옆에서 바쁘게 오가는 방송국 사람들을 구경했다. 드라마에서나 보던 긴박감 넘치게 일하는 방송국 사람들의 모습이 내 눈앞에서 펼쳐지다니, 그저 신기할 뿐이었다.

'아, 일이란 저렇게 하는 거구나. 낮도 밤도 없이…… 개미처럼 부지런히!'

그들처럼 프로다운 무대를 펼쳐 보이고 싶었지만, 무대 위에서의 나는 뭘 해도 어린 티가 났다. 태어나서 처음으로 아이라인을 그리고,

옷을 예쁘게 차려입고, 통굽 구두까지 신고 올라간 무대는 더더욱 어설펐다. 무대 위에서도 우리 예상대로 되는 게 하나도 없었다. '못나니'는 많은 사람들이 관심을 가졌고 우리도 자신 있다고 생각했던 곡이었다. 그런데 우리보다 앞서 나온 팀들이 너무 잘해서 조금 주눅이 들었던 모양이다. 머리를 좌우로 흔들며 어깨를 올렸다 내렸다 하면서 경쾌하게 불러야 하는데, 노래가 편안하게 나오지 않았다. 그러니 못난이 포인트 춤도 어정쩡할밖에!

"쟤네들 동영상에서는 얼마나 귀여운데……"

한 심사위원의 아쉬운 평도 들었다. 우리는 심사위원들이 무대에서 무엇을 원하는지 알고 있었다. 그런데 귀엽고 깜찍한 '못나니' 무대보다는 화려한 고음과 음악적인 기교가 돋보이는 무대들에 더 많은 점수를 줄 거라 생각했던 걸까?

'얼마나 잘 다듬어졌느냐보다 얼마나 독창적이고 재능이 있는가?'

서바이벌 오디션 무대에서는 노래를 얼마나 잘 부르는가보다 이것을 보여주어야 했다.

본선 마지막 무대에서 꺼내든 카드인 '착시현상' 때도 그랬다. 우리가 그 노래를 부르겠다고 하자 주변에서는 위험하다고 말렸다. 이 곡은 그동안 오빠가 만든 다른 곡들과는 달리 복잡미묘한 곡이긴 했다. 결국 심사평도 좋지 않았다.

"아리송하네요."

오빠가 실망하는 모습이 보지 않아도 다 느껴졌다.

'악동은요, 까도 까도 나오는 양파 같은 팀이네요!'라는 말을 듣고 싶었지만, 결과는 주변의 우려대로 좋지 않았다.

그러나 몇 초도 안 되는 짧은 시간에 반전이 기다리고 있었다.

"그런데 이거 코드가 뭐예요?"

박진영 심사위원이 진지하게 물었다. '착시현상'은 코드가 왈츠를 출 때처럼 발을 앞으로 성큼 내밀고 쭉 밀고 나갔다가 다시 반대로 밀고 들어오기를 되풀이한다. 그렇게 코드를 왔다 갔다 하는 게 재미있으셨 나보다.

"잘 모르는데요."

오빠는 난처한 표정으로 대답했다. 오빠는 심사위원들의 질문에 어떻게 대답해야 할지 그야말로 아리송했을 것이다. 굳이 말하자면 착 시현상 코드다. '착시현상'이란 단어를 머리에 두고 그 느낌을 살려 만 든 코드니까.

심사위원들은 이번 무대는 아리송하지만 뭔가 독창성이 있는 것 같다며, 다음 무대를 한 번 더 보고 싶다고 했다. 우리는 '못나니' 때와 마찬가지로 독창성으로 또 한 번의 기회를 얻었다.

반전의 반전. 무대는 늘 예측불허였다. 무대를 바라보는 사람들의 반응도 각기 달랐다. 그러다보니 다음 무대에서는 또 어떤 일들이 우리 를 기다리고 있을지 기대가 되었다.

이게 바로 싱어송라이터입니다

찬혁

〈K팝 스타〉에 출연하면서 나는 '편곡'이라는 새로운 분야에 도전했다. 미션으로 편곡 무대가 주어지면서 나는 새로운 설렘과 호기심으로 야심차게 도전했다. 그때 나는 악보도 쓸 줄 몰랐고, 내가 아는 기타 코드도 몇 개 없었다. 어떤 코드인지도 모르고 머릿속에서 '아, 이거다'라는 느낌이 날 때까지, 편곡도 작곡을 할 때처럼 하나하나 코드를 짚어가며 찾아냈다.

그동안 내가 작곡을 하면서 쓴 코드는 보통 한 곡에 3~4개였다. 그러나 편곡을 하면서는 원곡에 이미 쓰인 코드들을 어떻게 활용하나 하는 문제를 스스로 풀어가야 했다. 많게는 코드가 20개나 되는 곡도 있었다.

그동안 내 느낌으로 작곡을 했다면 이제는 느낌에 음악의 전문성을 풀어내야 하는 상황이었다. 어렵긴 했지만 흥미진진한 과정이었다.

　물론 그 결과가 늘 좋지만은 않았다. 좋다는 평을 받은 무대도 있었고, 평범하다는 평을 받은 무대도 있었다. 내가 자신 있다고 생각했던 '원 오브 카인드One of Kind' '링딩동' 무대도 좋은 평을 듣지 못했다.

'링딩동'은 새로운 작곡이라고 해도 될 정도로 전혀 다른 곡으로 편곡을 일찌감치 끝내놓고 준비한 무대였는데 말이다.

최선을 다해 준비했지만 결과가 따라주지 않을 때는 주저앉고 싶었다. 우리가 준비한 무대를 다 보여주지 못한 아쉬움이 가장 컸다. 거기다 좋은 평도 못 들으니 두 배, 세 배로 속상했다. 그러나 우리는 쉬지 않고 다음 무대를 준비했다. 그것은 무대에 대한 약속이자 우리 무대를 기다리는 사람들에 대한 예의니까.

우리 안에서 꼭 좋은 평을 받아야지 하는 마음이 진정으로 사라졌을 때, 우리는 다시금 '부활'이라는 선물을 받았다. '크레센도'는 원래 만들 때부터 아이돌 느낌을 살려서 만든 댄스곡이다. 나는 이 느낌을 살려 무대도 아이돌 느낌으로 꾸미고 싶었다. 다들 어쿠스틱 분위기로 가는 것이 좋겠다고 조언했지만, 나는 가사처럼 그야말로 목소리를 높여서 우리만의 색깔을 고스란히 드러냈다.

"보통 대중적인 것을 따라가다보면 음악적인 것을 놓치기 쉬운데 두 개를 다 잡았어요!"

무대가 끝나고 심사평을 들으면서 가슴이 벅차올랐다. 칭찬도 기뻤지만 악동뮤지션의 스타일을 보여주었다는 만족감에 온몸이 전율했다. 그래, 바로 이것이야!

〈K팝 스타〉 초반에는 대부분 우리의 자작곡들로 채웠다. 첫 무대인 '다리꼬지마'가 폭발적인 반응을 얻은 덕분에 다음에 우리가 어떤 노래를 들고 나올지 기대하는 분위기였다.

우리는 보여주고 싶은 게 많았다. 다양한 장르를 소화하고 다양한 곡 해석, 실험적인 가사까지! 우리는 무대마다 좀 더 새로운 모습을 보여주고 싶어 했지만, 다들 '다리꼬지마' 분위기에서 크게 벗어나는 걸 원하지 않았다.

우리에 대한 기대가 커질수록 내가 하고 싶은 것과 사람들이 바라는 것 사이에서 하나를 선택해야 하는 갈등이 생겼다. 그때마다 나는 늘 새로운 가능성에 도전하는 쪽을 택했다. 사람들마다 기대하는 모습이 달랐고, 그건 심사위원들도 마찬가지였다.

이렇게 복잡하게 서로의 생각이 엮일수록 나만의 방법으로 인정받고 싶었다. 그 결과는 감격 그 자체였다.

"이게 바로 싱어송라이터입니다."

그 한마디를 듣는 순간 또 한 번 모든 하늘이 나를 향해 열리는 기분이었다. 악동은 악동답다는 최고의 찬사였다. 그것도 용기를 내어 내목소리를 낸 덕분에 받은 값진 찬사였다.

목소리를 높여 high!

찬혁

'크레셴도' 무대는 여러 가지 면에서 나에게 아주 뜻깊다. 이 무대를 통해서 비로소 세상과의 '소통'에 대해 배웠다. 몽골에서 홈스쿨링을 할 때는 아빠가 커다란 벽 같았는데, 세상에는 벽들이 많았고 우리는 그것들을 넘어야 했다.

우리가 '크레셴도'를 아이돌 느낌으로 부르겠다고 하자 주변에서는 이런 반응이 되돌아왔다.

'설마, 댄스곡으로 하려고?'

사람들은 긴가민가한 표정으로 우리를 바라보았다.

"이 곡의 원래 의도를 살려 일렉트로닉 구성으로 가겠습니다."

내 말 한 마디에 분위기가 싸늘해졌다. 나는 떨리는 목소리로 말을 끝내고는 최대한 단호한 표정을 지었다. 떨어지더라도 이번 무대만큼은

스스로에게 아쉬움이 없는 무대로 꾸미고 싶었기 때문이다. 내가 완강하게 나가자 제작진도 결국 내 의사를 받아들여 반은 어쿠스틱, 반은 일렉트로닉 구성으로 가자고 했다. 곡 전체가 내 느낌대로 간 게 아니어서 아쉬움은 남았지만, 내가 목소리를 높이면 다른 사람도 들어준다는 것을 알게 되었다.

그다음부터는 곡을 대하는 시선이 조금 달라졌다. 사람들이 좋아하는 것에 비중을 두기보다 곡의 원래 의도가 무엇인가를 더 많이 생각하게 되었다.

그러나 내 목소리를 높인다는 것이 여전히 그리 쉬운 일만은 아니었다. 몽골에 있을 때 아빠 앞에서 아무 말을 못 했던 나의 모습이 〈K팝 스타〉에서도 그대로 드러났다. 인터뷰를 할 때나 방송 관계자들과 음악 얘기를 할 때 난 머릿속에서 먼저 문장을 완성하느라 입 밖으로 말을 잘 꺼내지 못했다. 머리를 거치지 않고 입으로 바로바로 나오는 말들은 끝맺음을 하기가 어려웠다. 아니라고 말하고 싶지만, 스스로 논리나 능력이 완벽하다고 생각지 않기 때문에 내 주장을 강하게 펼치지 못했다.

그런데도 모든 인터뷰나 멘트는 수현이가 아닌 내 몫이었다. 말은 수현이가 재치 있게 잘했지만, 곡에 대해서 더 잘 알고 설명할 수 있는 사람은 나였으니까. 내가 네모난 식빵 같은 표정으로 딱딱하고 밋밋하게 음악 얘기를 하면, 수현이는 옆에서 생글생글 웃으며 분위기를 부드럽게 했다.

중요한 건 그때 내가 진땀을 흘리면서도 내 노래를 위해 목소리를 계속 높였다는 사실이다. 왜냐하면 내 노래를 가장 잘 알고 있는 것은 나니까.

모두가 날 알아보도록 Crescendo
날 알아듣도록 Crescendo
노을빛 보며 빈 이른 아침의 소원 얘기든
시름시름 앓았던 사랑 얘기든
일단 말하고 봐
바라던 바 시작도 안 하고 포기는 마

나는 Good이에요, 나는 Great해요!

수현

마음 한구석에 숨어 있는 자신감의 무게는 도대체 몇 그램일까? '못나니'와 '착시현상' 무대가 기대에 못 미치자 자신감이 내 마음속에서 점점 모습을 감추어갔다. '다음 무대도 제대로 못하면 어떡하지'라는 걱정이 늘 유령처럼 내 뒤를 졸졸 따라다녔다. 걱정이란 유령은 혼자 있을 때 더욱 크게 다가왔다.

걱정 유령이 한번 습격을 해오면 불안감도 함께 몰려왔다. 그 상황에서 벗어나고 싶은데 어떻게 해야 할지 잘 몰랐다. 열심히 뛰는데 발이 앞으로 나아가지 않는 꿈을 꾸고 있는 것 같았다. 그런데 오빠가 '크레센도' 무대에서 자신의 뜻을 굽히지 않고 좋은 결과를 끌어내는 것을 보고 나도 용기를 내기 시작했다. 비록 햇병아리 뮤지션이라도 뭔가 자신의 것이 있어야 할 것만 같았다.

　'외국인의 고백' 무대에 오르기 직전이었다. 이 노래는 오빠가 재미있게 만들었으니 나도 재미있게 불러보자는 생각이 스쳤다. 오빠가 이 노래를 만든 의도를 살리되 최대한 내 느낌대로 부르고 싶었다. 노래는 자연히 유쾌해질 수밖에 없었고 결과도 좋았다.

　'외국인의 고백'은 알고 보면 꽤 웃기게 탄생한 곡이다. 오빠는 팝송처럼 영어로 된 노래를 만들고 싶다며 꼼지락거리더니 반은 영어, 반은 한국어로 된 노래를 완성했다. 내가 보기엔 아직 팝송을 만들 수준의 영어 실력이 안 돼 그런 것 같았다. 제목도 '외국인의 고백'이라고 했다. 외국인이 서툴게 고백하는 것처럼 한글과 영어를 엉거주춤 섞어 말하는 거라나. 궁금하다는 뜻을 더 살리기 위해 퀘스천Question의 Q를 따서 큐리어스Curious의 스펠링을 c에서 q로 살짝 바꾸는 장난을 쳤다.

어릴 때 오빠는 엄마와 끝말잇기 놀이를 너무 많이 했나?

오빠의 예측불허 실험정신으로 만든 노래가 우리에게 다시 용기를 주었다. 내가 아무리 무대에서 담대한 척하더라도 난 겨우 열네 살이었다.

'그래, 외국인의 고백처럼 당당하게 하는 거야. 말이 안 통하면 어때, 느낌만 통하면 되지! 그래도 고백은 잘하잖아!'

무대에 계속 서다보니 나도 모르게 자신감이 솟았다. 그게 노래가 가진 힘일까? 슬플 때 다정한 노래를 들으면 위로가 되고, 좌절했을 때 용기를 주는 노래를 들으면 힘이 나는 것!

가창력의 끝판왕이라고 할 수 있게 노래를 잘하는 언니나 오빠들을 볼 때 기가 죽는 건 사실이었다. 우리는 뭘 해도 풋내기였으니까! 하지만 나는 이번 무대에서는 풋내기의 열정과 용기도 누구보다 뜨겁다는 걸 보여주고 싶었다.

당신은 Good이에요
당신은 Great해요

맞아요, 나는 Good이에요, 나는 Great해요! 가끔 실수투성이기도 하지만 이렇게 풋풋하게 다시 일어선답니다!

한 사람이 다 갖는 배틀 🏆

찬혁

마지막까지 남은 10팀. 그중에서 최후의 한 팀이 남을 때까지 무한 경쟁하는 게 오디션 프로그램인 〈K팝 스타〉의 재미다. 그동안은 잘해도 함께 나누고 못해도 함께 나누는 것이 우리 삶의 방식이었다. 그런데 오디션 경쟁이란 건 그렇지 않았다. 톱10 배틀에서는 한 사람이 모두 갖고, 다른 한 사람은 아무것도 갖지 못했다. 다 갖는 것도 마음 편하지는 않지만 질 수도 없지 않은가!

생방송 경연에 들어가면서 합숙을 시작했다. 카메라는 합숙소 구석구석까지 우리를 따라다닐 거라고 했다. 합숙 직전, 몽골에서 오신 엄마를 만났다. 나는 엄마를 안고 왈칵 눈물부터 터뜨렸다. 그동안 수현이 보호자로 어른인 척했지만 엄마를 보니 눈물이 저절로 났다. 수천 명 중에서 단 열 명. 수백 대 일의 경쟁률. 지나고 보니 그동안 우리는 험난한 과정을 거쳐왔다.

엄마는 아무 말 안 해도 나의 상태에 대해 너무나 잘 알고 있었다. 그동안 얼마나 매 순간 한계를 극복하며 견뎌왔는지를. 수면 부족에서 오는 피곤함, 넋을 놓고 있으면 헬륨 풍선을 타고 허공을 둥둥 떠다니는 것 같은 긴장감, 체력의 한계 때문에 내 표정은 본선에서처럼 편하지 않았다.

"우리는 떨어지면 몽골로 가면 그만이고, 일등 하려고 오디션 시작한 거 아니니까 여기서 그만두고 싶으면 그렇게 해도 돼."

엄마가 조심스럽게 말을 꺼냈다. 나중에는 그만두고 싶어도 그만

두지 못하는 상황이 올 수도 있으니까 신중하게 선택하라고 했다.

"계속해볼게요. 여기서 그만두면 떨어진 참가자들에 대한 예의가 아닌 것 같아요."

나의 진심이었다. 음악을 대하는 그들의 열정과 진지함을 보면서, 최선을 다하지 않으면 그들 앞에서 부끄럽겠다는 마음이 들었다. 무엇보다 아무리 힘들더라도 이 순간에 최선을 다하지 않으면 나중에 후회를 할 것 같았다.

그런 한편, 합숙소에서 함께했던 친구들을 한 명 한 명 떠나보낼 때마다 주체할 수 없는 미안함이 몰려들었다.

'혹시 우리가 그들의 자리를 빼앗는 건 아닐까?'

〈K팝 스타〉를 하면서 가장 힘들었던 순간을 들라면 이런 의문이 들 때였다. 이 모든 갈등과 아픔조차 뒤로하고 앞으로 가야 하는 게 배틀이었다!

힘들지만 재미있는 시간을 보내면서 음악에 점점 애착이 생겼고, 그 애착은 꿈으로 자리잡았다. 내 꿈이 만들어지는 과정을 지켜보는 중이었다. 그 뜨겁게 달구어진 시간들을 통해서 내 마음속에서는 '아, 음악을 해도 되겠구나'라는 확신이 생겼다.

어떡하긴 집에 가야지! 🏠

수현

긴장감 백 배! 톱6, 톱3로 올라갈수록 긴장감이 점점 더 했다. 여기만큼 왔으니까 이제 그만하자, 여기만큼 왔으니까 좀 더 가보자. 이런 생각이 가슴속에서 지진을 일으켰다.

최고는 톱6 무대였다. 우리의 배틀 상대가 누가 되든 긴장으로 온몸이 굳어버릴 것 같았다. 그런데 배틀 상대마저 우리가 피하고 싶은 사람이었다.

나는 평소에 '비교'라는 걸 잘 안 한다. 그런데 강적이라고 생각하는 상대를 만나니 나도 모르게 자꾸 비교가 되었다. 상대와 비교할수록 우리는 점점 작아지고 상대는 더욱 커져만 갔다. 우리가 특별히 작아질 이유도 없었고 상대가 특별히 커질 이유도 없었지만 마음은 계속 그렇게 흘러갔다.

바로 이전 무대의 영향이 컸다. 우리는 특별히 좋은 평을 받지 못했는데, 상대는 심사위원 세 분께 극찬을 받았다. 그 주인공은 청아한 목소리를 가진 지훈 언니였다. 내 마음은 자꾸만자꾸만 쪼그라들었다. 내가 떨어지는 것도, 지훈 언니가 떨어져 텅 빈 여자 숙소에 나 혼자 남는 것도 싫었다.

"오빠, 어떡할까?"

"어떡하긴, 집에 가야지!"

오빠는 짧게 대답했다. 그런데 아무리 결과가 나빠도 집에 가는 것

이라니, 기분이 좀 나아졌다. 오빠도 이번 무대가 마지막일지 모르니 우리가 보여주고 싶은 것을 최대한 보여주자고 했다. 그렇게 해서 정해진 곡이 '크레셴도'!

오빠는 이 무대를 위해 모든 열정을 쏟아부었다. 곡 작업도 무대 연출도 지금까지와는 다르게 자신의 생각을 분명하게 밝혔다.

그런 오빠가 든든했다. 오빠를 보면서 나도 자신감을 가지고 춤과 노래를 연습했다. 지훈 언니가 우리 연습을 보는 것 같으면 일부러 더 크게 웃고 춤도 더 열심히 추었다. 그것은 심리전이나 기싸움 같은 게 아니었을까? 평소의 내가 동그라미였다면 그때의 나는 각진 네모가 된 기분이었다.

그런데 신기한 것은 자신감이 있는 척을 하니까 점점 자신감이 생기고, 나중에는 진짜 자신감이 생겼다. 자신감은 마음의 여유도 안겨주나보다. 그제야 다시 동그라미 수현으로 돌아오는 것 같았다.

'우리가 열심히 했는데도 상대가 우리보다 더 좋은 평가를 받는다면 분명 그럴 만한 이유가 있는 거야. 할 수 있는 건 즐겁게 열심히 연습하는 것뿐! 그래서 무대에서 신나게 놀자!'

우리를 보고 자극을 받았는지 지훈 언니도 더욱 열심히 했다. 그때 알았다. 상대를 인정하는 선의의 경쟁은 서로에게 자신감을 안겨준다는 사실을. 그리고 어떤 결과든 담담하게 받아들이게 된다는 것을.

음악이 진지하게 다가왔다

수현

"네가 가장 소중하게 생각하는 건 뭐니?"

"네가 가장 지키고 싶은 건 뭐니?"

"넌 다음에 어떤 사람이 되고 싶니?"

누가 나한테 이런 질문을 할 때면 나는 늘 "음악"이라고 대답했다. 어려서부터 내 미래는 모두 음악과 관련된 것이었다. 그런데 음악을 할 수 있어서, 그것도 일찍부터 할 수 있어서 정말 다행이다.

예전에는 내가 좋아서 노래를 불렀기 때문에 부담감이나 책임감 같은 건 전혀 없었다. 우리 노래를 좋아하지 않는 사람들이 있다면 안 들어도 좋다고 생각했다. 상대가 원한다고 해서 우리 스타일을 바꿀 생각도 없었다.

'우리 노래를 듣고 싶은 마음이 있다면 계속 들어주세요.'

'우리 노래가 싫으면 안타깝지만 저희도 어쩔 수 없어요.'

그런데 요즘은 다르게 생각하게 되었다.

'우리 음악을 기다리고 원하는 분들께 최선을 다하자.'

'우리가 좋아하는 걸 그분들도 좋아해주시니 정말 감사하다.'

〈K팝 스타〉를 통해 음악을 더욱 진지하게 대하게 되었다. 처음에는 합격하면 마냥 기뻤던 것이 사실이다. 설령 떨어지더라도 '다음에 또 기회가 많을 텐데……'라고만 생각했다. 우리는 떨어질지 모르니 탈락 멘트도 미리 준비했다.

'분명 다음에 또 기회가 있을 테니까 저희는 끝이 아니라고 생각합니다. 파이팅!'

그런데 경연에서 떨어지고 세상이 무너진 것처럼 울면서 나가는 사람들에게 위로의 말조차 건넬 수 없었다. 그들만큼 절절한 마음이 아니라면 위로할 자격도 없는 것 같아서였다.

'〈K팝 스타〉가 전부인 사람들이 있구나.'

무대가 거듭될수록 책임감이 생겼다. 아무리 힘들어도 밝은 얼굴로 무대를 채워야겠다는 생각을 하게 되었다. 그러나 속으로는 힘들면서 밝은 얼굴로 노래하는 건 가장 뛰어넘기 힘든 미션이었다. 심사위원에게 칭찬을 들으면 힘든 것도 어느 정도 가라앉았지만, 반대로 혹평을 들으면 무대를 위해 준비했던 모든 노력이 물거품이 되는 것처럼 힘이 빠졌다.

그런데 현실에서는 또 한 번의 드라마틱한 반전이 기다리고 있었다. 나에게 가장 드라마틱한 장르가 뭐냐고 묻는다면 망설이지 않고 "현실"이라고 답할 것이다. 오디션이 끝난 뒤에 알게 된 사실이지만, 이상하게 우리 기대에 못 미친 평을 받은 무대인 '못나니'나 '라면인건가', 그리고 '착시현상'에 열광하는 사람들이 많았다.

"오빠, 우리 노래 정말 재미있나보다."

"그러게, 감동!"

사람들의 마음을 움직이는 것은 무대에서 노래를 얼마나 잘하고 못하느냐보다 노래 자체였다. 우리 노래이기 때문에 누구랑 비교해서 좋은 게 아니라 그냥 우리 노래여서 좋다는 반응이었다.

'노래가 내 인생을 표절했다.'

누군가 '라면인건가'를 듣고 단 댓글에 오빠는 피식하고 웃음을 터뜨렸다. '착시현상'의 경우는 많은 사람들이 음원을 올려달라고 했다. '악동 팬이에요'라고 말하는 사람들을 보니까 우리가 진짜 가수가 된 것 같았다. 흥분해서 "우아, 우아" 하는 감탄사만 나왔다. 진짜 가수가 되었을 때를 상상하며 무대를 바라보면, 마지막 무대까지 꼭 오르고 싶었다.

명치가 어디게?

수현

무대가 끝날 때마다 한 사람씩 떠나는 것이 예정되어 있었지만 이별은 늘 받아들이기 어려웠다.

단체생활을 통해서 배운 것은 과하면 안 된다는 것이다. 아무리 감쪽같이 속이려고 해도 며칠만 같이 생활해보면 그 사람의 바닥이 드러난다. 톱10에 든 언니와 오빠들의 공통점은 모두 착하고 정이 많다는 것이다. 톱5 무대부터는 콜라보레이션도 많아서 무대를 꾸미려면 연습을 몇 배로 많이 해야 했다.

다들 하루에도 몇 번이나 컨디션이 좋았다 나빴다 하는 상황이었다. 하고 있는 곡 작업이 안 풀리면 어렵고, 잘 풀리면 기분 좋고, 무대에서 칭찬을 받으면 자신감이 생겨서 생기 있고, 혹평을 받으면 심리적 압박감에 얼굴이 그늘졌다. 짜증을 내거나 변덕을 부리기 딱 좋은 환

142

경이었다. 아주 작은 일이 꼬투리가 되어 폭발할 수도 있었다.

그동안 꾹꾹 눌러 참았지만 언니들이 모두 떨어지고 나 혼자 남았을 때는 너무 속이 상한 나머지 자제력을 상실했다. 언니들과 함께했던 추억이 떠올랐다. 몰래 주먹밥도 만들어 먹고, 다이어트하라고 준 고구마로 맛탕을 만들어 먹으며 밤늦게까지 하하 호호 수다를 떨었다.

그런 생각들이 꼬리에 꼬리를 물자 더욱 슬퍼졌다. 연습실 피아노에 기대 울고 있는데, 이천원의 일도 오빠가 내가 좋아하는 따뜻한 코코아를 들고 찾아왔다.

"수현아, 이거 먹어."

일도 오빠는 나를 진심으로 웃기려고 했다. 그런데 너무 진지하게 웃기려고 해서 웃을 수가 없었다. 울다가 금세 웃을 수도 없을뿐더러 그러다 또 우는 것도 곤란할 것 같아서 고개를 떨구고 있었다. 오빠에게 감동한 나머지 코코아를 차마 먹지 못하고 두 손으로 컵을 꼭 받쳐든 채! 오빠는 연습실을 나가서도 계속 안쪽을 힐끔거리며 내 기분을 살폈다.

일도 오빠가 나가자 이번에는 앤드류 오빠가 들어왔다. 오빠는 허리춤에 손을 척 올리고는 우렁우렁한 목소리로 말했다.

"우리 수현이한테 누가 그랬어?"

"누구야?"

아빠처럼 일부러 큰 목소리로 화를 내주는 게 한없이 든든했다.

맥케이 오빠는 와플을 사와서는 포크에 찍어서 먹어보라고 애교를 부렸다.

"수현아, 널 위해 사왔어. 한번만 먹어주라."

반대로 다른 오빠들이 지쳐 있으면 오빠와 내가 웃기기도 했다. 우리가 몽골에서부터 즐겨 하던 여물 씹기 놀이를 보여주면, 아무리 기분이 착 가라앉아 있다가도 금세 자지러지게 웃었다. 여물 씹는 낙타 흉내를 내면 우리는 영락없는 쌍둥이 낙타였다.

틈만 나면 외국에서 살다 온 오빠들을 놀려먹는 것도 긴장한 우리 모두에게는 피곤할 때 먹는 비타민C 같았다. 맥케이, 브라이언 신, 앤드류 오빠는 한국말을 잘 몰랐다. 우리는 가끔 맥케이 오빠를 골려주었는데, 한국말을 잘 못한다는 사실을 창피해하며 종종 아는 척했기 때문이다. 그러다보니 맥케이 오빠 시리즈가 만들어졌다.

"오빠, 명치가 어디야?"

그럼 맥케이 오빠는 입 안쪽에 손가락을 집어넣으며 뻔뻔한 표정으로 말한다.

"어, 그거 배웠는데……?"

나는 그때를 놓치지 않고 배의 위쪽 부분을 두드리며 말했다.

"명치는 여기야, 여기!"

어느 날은 또 "오빠, 관자놀이가
뭐게?" 하면서 놀자는 제스처를
취했다. 오빠가 고개를 갸웃갸
웃거리며 "무슨 놀이지?" 하면,
나는 싱긋 웃으며 귀의 위쪽 부
위를 가리켰다.

"관자놀이는 놀이가 아니라 바
로 여기야!"

맥케이 오빠는 번번이 당하면서도 매일 내 장난에 걸려들곤 했다. 오빠는 한글을 빨리 배우기 위해 매일 받아쓰기를 했는데, 유치원생보다 더 서툴렀다. 오빠가 틀리는 게 귀여워서 받아쓰기를 할 때면 쳐다보고 있다가 꼭 한마디씩 참견을 했다.

"오빠, 담아써가 뭐야? 닮았어지! 학교 안 다닌 나도 아는데……."

다들 용기를 잃지 않고 마지막까지 도전할 수 있었던 이유, 다들 그 치열한 공간에서 웃으면서 헤어질 수 있었던 이유는 무엇일까.

"다들 너무 착했어."

"맞아, 다들 너무 착했어."

나와 오빠는 텅 빈 숙소 쪽을 바라보며 그렇게 되뇌곤 했다. 경쟁자로 만났지만 다들 함께했기에 지나올 수 있는 시간들이었다.

랩의 블랙홀 ◎

찬혁

오디션 프로그램은 냉혹한 시험이다. 음악은 나에겐 꿈이지만, 시장에서 거래되는 문화상품이기도 하다. 내 것이면서 내 것이 아닌 것이다.

'랩을 더 완성할 것인가, 무대를 더 완성도 있게 만들 것인가.'

나는 중요한 선택의 기로에서 늘 내 마음이 이끄는 길을 따랐다.

언제부터인가 나는 랩에 빠졌다. 처음에는 멜로디가 단순한 듯하면 랩으로 변화를 주는 정도였다. 그런데 어느 순간부터 랩에 하고 싶은 말을 담았다. 나의 이야기, 친구의 이야기, 그리고 우리의 이야기를.

나는 방송 직전까지도 그 이야기들을 만지작거리다 랩 가사를 못외운 채 무대에 서곤 했다. 메이크업을 하면서, 옷을 입으면서도 랩 가사를 손에서 놓지 않고 외워보지만 시간이 턱없이 부족했다. 그러면 무대에서 실수할 거라는 걸 알면서도, 이러다가는 우승에서 멀어진다는 걸 알면서도 내 마음속에서 OK가 날 때까지 계속 수정해나갔다.

랩 가사가 가장 늦게 나온 건 '라면인건가'였다. '라면인건가, 나만 이런가? 꿈이라면 이런가?'라고 적어놓고 보니 나의 이야기는 아닌데, 꼭 나의 이야기 같았다. 나는 밤새 가사를 쓰고도 멈추지를 못했다. 무대에 올라가기 직전까지 가사를 바꾸고, 바로 리허설에 들어갔다.

"수현아, 나 아무래도 가사 못 외울 것 같아."

"괜찮아, 오빠야 랩의 블랙홀이잖아. 내가 받쳐줄게."

이미 리허설에서 두 번이나 내 랩 파트가 나올 때 아무 가사도 내뱉지 못하고 얼음이 되었다. 무대 앞에서 날 지켜보는 얼굴들은 모두 랩 파트가 다 밀릴까봐 하얗다 못해 파랗게 질려 있었다.

경연이 시작되어, 수현이가 노래를 할 때도 나는 박자를 맞추며 내 랩 파트를 외우는 데 열중했다. 아마 수현이는 댄서들 틈에서 '틀리지 마'라고 간절히 주문을 걸고 있었을 것이다. 그러나 랩 파트가 시작되자마자 어김없이 또 블랙홀에 빠져들었다. 한 글자 부르고 나면 바로 다음 글자가 생각나는 식으로 조금씩 밀려서 아슬아슬했다.

'오빠 그럴 줄 알았어.'

'아하하하하.'

우리는 눈빛으로 이런 대화를 주고받으며 랩 뒤의 후렴구를 이어 나갔다. 힘차게 "라면인건가?" 하고 마지막 멜로디 부분을 마치자 무엇인가 중요한 임무를 완수한 기분이었다.

엄마는 잘했다고 하셨다. 진짜 잘해서라기보다는 내가 랩 가사에 얼마나 공을 들였는지 잘 알고 계셨기 때문이다. 나는 그 선택을 결코 후회하지 않는다. 그때는 그 선택이 나의 마음이었으니까.

사실 내 맘은 이렇지 않은데

하고 싶은 건 많고

그 속에 몸을 담고

의미 있는 일 분을 살고 싶어도

시간은 가는데

......

꿈이라면 일어나

마지막 슬레이트 🎬✦

찬혁

시작이 있으면 끝이 있다. 아빠가 우리를 보러 몽골에서 왔다. 드디어 마지막 무대만 남겨놓았다. '뜨거운 안녕'은 멜로디보다는 가사에 신경을 쓰겠노라고 다짐했다. 내 십대를 완성하는 무대였기 때문이다.

조금 더 볼륨을 높여줘

나를 보일 수 있게

지나온 나의 이야기 모두 전할 수 있게

내 인생이라는 도화지에 그려진 밑그림은 모두의 연필로 완성시킨 그림이었다. 딱 위의 노래 가사 같은. 〈K팝 스타〉 동료들은 나에게 친구, 선배, 같은 일을 하는 동료, 때로는 선생님이었다. 인간은 관계를 통해서 배워나간다는 것을, 내 인생의 다음 장에서도 관계를 잘 풀어가야 한다는 것을 그들을 통해서 배웠다. 나는 아마도 잊지 못할 것이다. 영원히 내 마음 한 곳에 걸어두는 그림은 우승의 빛나는 순간이 아니라, 그들과 함께 달린 수많은 밤이었다.

내가 무대 아래에서 무대를 준비하면서 성장했다면 수현이는 무대 위에서 무대를 거듭하며 성장했다. 심사위원들의 독한 혹평은 열네 살 수현이를 뮤지션으로 만들었다.

처음으로 혹평을 받았을 때 수현이는 자신 있던 무대를 인정받지 못하자 그 충격에 카메라를 뚫어져라 쳐다보며 숨을 멈추었다. 그래서 한동안은 양현석 심사위원과 보아 심사위원만 쳐다보았다. 감정 표현이 풍부한 박진영 심사위원을 보면 무대에 영향을 받을 것 같아서다. 반면 두 분은 표정 관리를 잘하는 편이었다.

그런데 마지막 무대에서 수현이는 전혀 다른 사람으로 업그레이드되어 있었다. 무대에 오르기 직전에는 압박감에 못 이겨 화장실로 달려가곤 했는데, 마지막 '음밥' 무대에 오르기 전에는 화장실에도 가지 않았다. 잔잔한 발라드인 도입부에서 작은 음향사고가 있긴 했지만 곧 둥 둥 둥, 둥둥 하는 신나는 부분이 나오자 물 만난 물고기처럼 무대를 즐겼다. 그리고 마지막 무대에 섰을 때는 둘 다 이미 우승보다 소중한 꿈이라는 것을 얻은 뒤였다.

넌 그냥 하던 거 계속해
그러다보면 어느 순간 행복해
네가 부딪친 곳은 디딤돌
한계라 부르니 물러서
골대를 바로 앞에 두고도

마라톤은 일등하는 것보다 완주하는 데 의의가 있다고 하더니 정말 그랬다. 그 힘든 레이스를 마치고 무사히 목적지에 도착했다는 것이 우리의 가장 큰 성과였다. 포기하지 않고 여기까지 온 것만도 기적이었다. 심사위원들이 최종적으로 누굴 선택하는지 귀에 선명하게 들어오지 않았다. 우리를 호명하는 순간, 거의 넋이 나갔다고 해도 틀린 말이 아니었다. 내 인생에서 꿈을 담금질하는 가장 뜨거운 한때가 완료되었다는 것만 직감할 뿐이었다. 뜨거운 눈물이 툭 하고 손등으로 떨어졌다. 내 눈 속에서 꿈을 품은 뜨거운 별이.

빅뱅이랑 투애니원이 있는 회사…?

수현

우리는 고민을 많이 하는 편이 아니다. 아마도 우리가 살면서 가장 깊이 고민한 순간은 〈K팝 스타〉가 끝나고 기획사를 선택하던 때일 것이다. 기획사가 정해지면 우리는 아마추어 뮤지션이 아니다. 나는 겨우 중2 나이지만 가수가 된다는 뜻이다.

기획사를 고를 때 우리의 기준은 '우리 노래를 가장 잘 간직해줄 수 있는 곳'이었다. 기획사는 뮤지션으로서 나와 오빠가 머물 집이니까. 양현석 사장님이 방송에서 "악동은 그냥 악동답게 하는 게 가장 좋다"라고 말씀하셨을 때 우리랑 잘 맞겠다는 생각을 했다. 오빠도 그런 마음이 들었다고 했다.

〈K팝 스타〉를 하면서 YG에 갔을 때도 느낌이 좋았다. 내가 "여기 너무 좋아요!"라고 했더니, 누군가 지나가는 말로 "나중에 다 만나게

될 사람들이야"라고 말해 한편으로는 살짝 기대를 하기는 했다.

"악동이 우리와 함께했으면 좋겠다."

실제로 YG에서 이런 프로포즈를 받게 되자 그야말로 심장이 뛰었다. 최종 서류가 만들어지는 몇 주 동안 우리는 두근거리는 심장을 억누를 길이 없었다.

'드디어 내가 YG 패밀리가 되는구나!'

'빅뱅 선배님, 투애니원 선배님과 같은 회사 식구가 되는구나!'

나는 하루 종일 들떠서 이 방 저 방을 다니며 곧 이별하게 될 집과 인사를 나누었다.

인터넷 기사로 우리가 YG의 식구가 된다는 소식이 처음 알려진 날, 그날은 몽골에서 굿바이 콘서트가 있었다. 우리 공연을 보고 싶어하는 학교와 교회 친구들, 그리고 한국인들을 위해 마련한 무대였다. 나는 공연을 시작하기 전에 많은 사람들 앞에 서서 이 소식을 전했다.

"여러분, 우리가 오늘 YG 식구가 되었습니다."

그 소식을 몰랐던 사람들이 많았다. 친구들이 놀란 얼굴로 소리치는 게 무대 위에서도 보였다.

"YG……? 빅뱅이랑 투애니원이 있는 회사?"

"네, 맞습니다."

YG에 간다고 했을 때 사람들의 반응도 우리와 다르지 않았다. 우리도 사실은 그렇게 소리를 지르고, 믿기지 않는 사실 앞에서 몇 번이

나 확인하고 싶었다. 드디어 '내가 주인공이 된 동화'의 첫 장이 펼쳐지는 기분이었다.

꿈을 찾는 것이 1막 4장이었다면, 2막에서는 어떤 일이 펼쳐질까? 늘 현실은 상상을 압도한다. 설렘과 기대로 심장이 마구마구 뛰었다.

oh my world

그래 이게 바로 나야

그동안 감췄던 내 모습이야

놀라지 마 이게 다가 아냐

물 만난 물고기 물 만난 물고기

우리 바라기 ✿

찬혁

우리가 〈K팝 스타〉에 참가하는 동안 아빠는 일부러 몽골에 혼자 떨어져 지내셨다. 일을 해야 하기도 했지만, 아빠 스스로와 나를 테스트하기 위해서였다. 혼자 살기, 혹은 혼자 두기. 아빠는 열렬한 '우리 바라기'로 한시도 우리에게서 눈을 떼지 않았고, 우리는 알게 모르게 모든 것을 아빠에게 의존하고 있었다. "아빠, 나 좀 내버려두세요. 알아서 할게요"라고 하지만 사실은 그 순간에도 아빠가 결정을 내려주기를 바랐다.

　나는 부모님의 몽골행을 계기로 그토록 원하던 자유와 독립을 얻었다. 수현이는 부모님이 가시자 이제 나만 바라봤다.

　"오빠 어떡해?"

　"어떡하긴! 우리가 알아서 해야지."

　정말 그랬다. 그동안 우리는 어떤 일을 하더라도 가족이 함께였다.

엄마는 우리와 같이 노래하고 춤추고, 웹툰이나 소설도 머리를 맞대고 함께 봤다. 숨 쉬는 동안 엄마는 내 옆에 있었고, 그건 아빠도 마찬가지였다.

그러나 이제는 무엇을 하든 나와 수현이 둘밖에 없었다. 결정을 내린다는 건 책임을 진다는 거다. 혼자 책임을 진다는 건 무거운 짐을 지는 것과 같다. 수현이는 점심 뭐 먹을까 같은 사소한 일에서부터 할아버지 생신 선물 포장 같은 자신의 일까지 나에게 물어왔다. 대전에 있는 할아버지께 가기 위해 고속버스를 탈 때도 가만있질 못했다.

"오빠 몇 시 차 타?"

"화장실 갔다 와도 돼?"

혼자서도 충분히 답을 알 수 있는 질문을 해댔다. 몰라서 질문하는 것이 아니라, 혼자서 결정을 내리지 못해서! 그런 수현이에게 나도 모르게 짜증이 나서 퉁명스럽게 쏘아붙였다.

"너도 네가 좀 생각해봐. 생각이 없어? 생각이?"

"몰라, 오빠가 생각해."

너무도 단순 명쾌한 수현이의 대답을 듣는 순간 내가 참아야지 했다. 이제는 우리가 말씨름을 하거나 싸우더라도 중재해줄 사람도 없었다. 그러니까 서로 몇 번 투닥거리다가 참게 되었다. 중재해주는 사람이 없으니 싸움조차 시들했다.

몽골에 계시던 아빠가 온 날, 나는 울음을 터뜨리고 말았다. 남자는 평생 동안 세 번만 울어야 한다는데…….

"아빠, 보고 싶었어요."

장난삼아 친구들 앞에서 아빠의 뺨에 뽀뽀를 할 때와 달랐다. 열여덟 살의 나는 진심으로 아빠가 사무치게 보고 싶었다. 나는 그동안 완전한 독립체인 줄 알았다. 집보다는 바깥, 가족보다는 친구와 생활하는 게 더 편했다. 그런데 아빠 없이 석 달을 보내다보니 '가장'이라는 자리가 어떤 자리인지 깨닫게 되었다. 아마도 나도 수현이만큼 아빠에게, 엄마에게 질문을 해댔을 것이다.

그때부터 아빠를 바라보는 나의 눈빛이, 나를 바라보는 아빠의 눈빛이 달라졌다. 아빠는 나를 당당한 하나의 독립체로 대해주셨다. 그전에는 나에게 뭔가 가르치려 했다면, 이번에는 나의 말을 먼저 들은 뒤 의견을 물었다. 무엇보다 '나 바라기'가 되셨다.

나를 바라볼 때 아빠 특유의 행복해하는 표정이 담겨 있었다. 사실 나는 그동안 아빠가 기뻐하는 걸 보기 위해서 소설을 썼고(소설은 학교 다닐 때 숙제로 내준 것이긴 했지만), 작곡을 했다. 아빠가 그때마다 기대에 찬 눈으로 나를 바라봐주었는데, 그것이 나에게 무한한 용기를 주었다. 그래서 더, 더, 더 노력해서 매 순간 잘해내고 싶었다.

아빠는 박진영 선생님과 비슷한 부분이 있다. 기분파로 자신의 기분을 절대로 숨기지 못한다. 아빠의 얼굴을 보면 왠지 기대를 꼭 채워드려야 할 것만 같다. 나를 보는 아빠의 눈빛이 달라진 것도 좋았지만, 아빠

의 사랑이 진한 코코아처럼 달콤하게 전해졌다. 내 온몸을 타고 흐르는 그 행복감이 나를 충전 상태로 만들어놓았다.

"찬혁아, 너 목소리에 느낌이 있어."

아빠가 이렇게 나의 목소리에 대해서 칭찬을 한 건 처음이었다. 사실 나는 2년 전만 해도 노래를 못했다.

"이번에 네 노래 듣고 깜짝 놀랐다. 내가 분명 알던 노래인데 미디로 새로 편곡되니까 완전 다른 느낌이라 정말 놀라웠어."

아빠의 칭찬에는 진심이 묻어 있었다. 예전에는 그냥 좋다는 수준이었지만, 이번에는 내가 부른 노래 한 부분 부분에 대해서 끝처리가 좋다, 음이 좋다 등 구체적으로 지적해주었다. 아빠는 몽골에 혼자 있으면서 밤에 집에 오면 우리가 출연한 부분을 수십 번씩 돌려보셨다고 한다.

아빠의 SNS를 보면 매일 나에 대한 글이 올라왔다.

'놀랍다, 놀랍다, 놀랍다.'

아빠는 늘 나에 대해 놀라워했다. 떨어져 지내는 동안 사랑이 시작된 거다. 사랑은 아마도 놀라움에서 시작되는 게 아닐까?

수현이가 몽골의 그 환한 보름달 같다면 나는 달의 보이지 않는 뒷면이었다. 아빠는 수현이가 어디에 있든 금세 알아봤지만 나는 그렇지 않았다. 아빠가 몽골로 가고 난 다음에 엄마가 아빠의 말을 전해주었다. 음악을 직업으로 해도 되겠다고 말씀하셨다는걸. 나의 재능을 먼저 알아보신 것도 아빠다. 나는 〈K팝 스타〉를 하면서 그런 아빠에게

나 혼자서도 잘할 수 있다는 것을 꼭 보여드리고 싶어 그야말로 최선을 다했다. 편곡을 하면서 '나에게 얼마쯤 재능이 있구나'라는 걸 발견한 것보다 고통스러운 과정을 잘 참고 하는 것 자체가 나에겐 더 소중했다. 재능보다 중요한 건 어쩌면 그것을 컨트롤하는 노력이니까.

"내 아들이지만 한 번도 객관적으로 볼 수 없었는데, 떨어져 있으니 객관적으로 볼 수 있게 되었어."

아빠는 떨어져 지내면서 오히려 내 마음을 더욱 잘 읽어내게 되었다. 그동안 보지 못했던 달의 뒷면을 응시하게 된 것이다. 서로를 이해하는 데는 시간과 객관적인 거리가 필요하다. 아빠와 나는 테스트에 통과했다.

part 4
얼음이 조금만 녹아내리면

붉은 해가 세수하던 파란 바다
검게 물들고
구름 비바람 오가던 하얀 하늘
회색 빛들고
맘속에 찾아온 어둠을 그대로 두고
밤을 덮은 차가운 그림자마냥
굳어간다

얼음들이 녹아지면
조금 더 따뜻한 노래가 나올 텐데
얼음들은 왜 그렇게 차가울까
차가울까요

지하철은 세상의 축소판

찬혁

별별 사람들이 다 모이는 지하철 안, 그곳의 풍경 또한 다양하다. 조는 사람, SNS를 하는 사람, 홈페이지 관리를 하는 사람, 드라마를 보는 사람, 문자를 보내는 사람……

그리고 지하철 안 사람들은 모두 혼자다. 모두 뭔가를 열심히 하고 있지만, 그저 초점 없는 눈으로 멍하니 바라보고만 있는 것 같다. 얼굴의 근육은 축축 처져 있고, 입꼬리는 한 번도 웃은 적이 없는 사람처럼 굳어 있다. 하루를 시작하는 상쾌한 아침, 지하철 안 사람들은 오늘 하루를 기대하기는커녕 지친 표정으로 덜컹거리는 듯했다. 지하철에 실려가는 그들이 좀 웃었으면 좋겠다는 생각이 들었다.

3년 전, 한국에 왔을 때 친구들과 지하철에서 깜짝 이벤트를 했다. 일명 무표정 일그러뜨리기 프로젝트였다.

"간 때문이야, 간 때문이야, 간 때문이야~ 피곤한 건 간 때문이야, 어이."

지하철이 손님을 태우기 위해서 정차하는 순간, 우리는 날렵하게 탑승해 역 스크린에 자주 나오던 광고를 패러디하며 신나게 춤을 췄다. 지하철 문이 닫히려고 하면 오버 행동을 하며 냅다 뛰어나왔다. 그러고는 창문 너머로 사람들을 바라보며 웃긴 포즈로 손을 흔들었다.

지하철 안의 사람들은 하나같이 '쟤들 뭐야?' 하는 표정으로 앞 사람, 옆 사람을 보며 피식 웃었다. 그래, 그거였다. 옆 사람도 보고, 앞 사람도 보며 그냥 좀 웃으라는 것. 내릴 때는 내리더라도 그 전에는 또 언제 볼지도 모르는 옆 사람에게 건조하지 않은 눈빛 한번 보내주라는 거다.

나와 친구들은 처음에는 좀 부끄러웠지만, 곧 사람들의 더 큰 반응을 보고 싶어 과감한 포즈에 도전했다.

"어? 웃었어, 웃었어!"

"맞아, 나도 봤어!"

큰 웃음은 아니었지만 닫히는 지하철 문틈 사이로 사람들이 이리저리 고개를 돌리며 피식피식 웃는 모습을 보는 게 즐거웠다.

〈K팝 스타〉에 출연하면서 의정부에서 방송국까지 하루에 왕복 다섯 시간씩 지하철을 탔다. 그 시간이 지치고 따분할 때면 친구들과 장난치던 그때를 떠올렸다. 우리가 그때와 같은 장난을 친다면 사람들은 어떤 반응을 보일까? 그때 그 사람들은 우리를 기억하고 있을까? 모두

스치듯 지나겠지만 서로 작은 미소 한번 지어주었으면 좋겠다.

지하철은 세상의 축소판
지하철에서 사람들께서
스마트폰을 한 손에 쥐고 덜컹덜컹해요
비틀비틀비틀해요
게임하는 남자들 홈피하는 여자들
이어폰 꽂고 덩실덩실하는 청년들
연인 학생 상인 모두 이곳에서 만나지요

와, 연예인이다! 📷

수현

〈K팝 스타〉가 끝나고 우리를 알아보는 사람들이 많아졌다. 한번은 가족들과 홍대 앞에 신발을 사러 갔는데 신발 가게 앞으로 사람들이 우르르 몰려와 정말 놀랐다. 우리는 신발 가게를 어떻게 빠져나왔는지 모를 정도로 정신없이 빠져나와 무작정 뛰었다.

이제는 세수 안 하고 감지 않은 머리 질끈 동여매고 동네에 나가는 것도 꺼리게 된다. 이럴 때 혹여 사람들이 사진이라도 찍어달라고 하면 난감한데 모른 척할 수도 없다. 더구나 엄마라도 옆에 있으면 꼼짝없이 포즈를 취해야 한다.

"그래요, 얘들아 사진 찍어! 호호호."

엄마는 우리를 좋아하는 분들에게 쉽게 거절을 못하신다. 덕분에 나는 손가락은 브이를, 입꼬리는 활짝 웃으며 포즈를 취한다. 사람이 많은 곳에서 사진을 찍기 시작하면 어느새 우리 주위에는 사람들이 엄청 몰려와 카메라를 들고 있다.

유명해지고도 예전이랑 똑같이 편하게 길에서 떡볶이랑 어묵도 사 먹을 수 있다면 좋을 텐데……. 그건 욕심이겠지! 우리는 이제 연예인(아직도 믿기지 않지만), 그에 맞는 행동을 하고 예의를 갖추어야 한다는 것도 안다!

그런데 예전에 알던 친구들마저 우리를 연예인 보듯 하며 거리를 둘 때는 속상하다. 〈K팝 스타〉가 끝나고 몽골에 갔을 때 다니던 학교에 인사를 하러 갔다. 우리가 온다는 소식을 들었는지, 아직 저학년인 어린 학생들이 교무실에 병아리처럼 옹기종기 모여 앉아서 우리를 기다리고 있다가 우리를 보자 환호성을 질렀다.

"와, 악동뮤지션이다!"

"사진 좀 찍어주시면 안 돼요?"

그런데 정작 친하게 지냈던 친구들과 후배들은 선뜻 가까이 오지 못하고 멀리서 쭈뼛거리고만 있었다. 우리가 먼저 다가가서 인사를 건네자 존댓말을 했다.

"안녕하세요, 팬이에요!"

"왜 그래, 나 수현이 언니야!"

"네, 그래도……. 연예인이잖아요!"

우리는 그들의 말과 행동에 어리둥절했다.

집에 가니 더욱 황당한 일이 벌어져 있었다. 문 앞에 쪽지가 매달려 있었는데, 오빠 친구들이 오빠를 만나러 세 번이나 찾아왔다가 혹시 피곤한 오빠를 깨우지나 않을까 싶어 문 앞에서 그냥 돌아갔다는 내용이었다. 1년 전 같으면 "이찬혁 나와라" 하고 1초 안에 안 나오면 문을 부수고 들어올 기세로 문을 두드렸는데…….

친구들의 쪽지를 보고 오빠는 구르듯이 뛰어 친구들을 만나러 놀이터로 내려갔다. 친구들은 벤치에 앉아서 얌전하게 오빠를 기다리고 있었다. 단 한 번도 조용한 적 없던 왁자지껄 오빠들이 말이다!

"엄마, 오빠가 안 나가면 연예인 집 앞에서 기다리다 지쳐서 집에 가는 팬들처럼 오빠 친구들도 그러는 거 아니에요?"

"글쎄, 그냥 들어오면 되지. 애들도 참!"

사람들은 우리가 변할 거라고 생각한다. 우리는 변한 게 전혀 없는데 말이다. 오빠가 집에 들어오자 나는 우리 쪼매(쪼맨하다의 '쪼매', 얼마 전부터 엄마 아빠를 졸라 강아지를 키운다)처럼 조르르 달려가서 물었다.

"오빠, 무슨 이야기했어?"

"응. 깔창 깔았냐기에 그렇다고 했어."

오빠들은 역시 외모 이야기를 했다. 오빠는 연예인이 아니라도 깔창을 깔 사람이란 걸 알면서도 확인하고 싶었나 보다.

많은 사람들이 우리를 좋아해주는 것은 분명 행복한 일이다. 할머니 할아버지들도 "쟤네 요래, 요래 아냐" 하면서 한 통신사 CF에서 우리가 하던 손가락 돌리는 동작을 따라 하신다. 그런데도 가슴 한 켠으로 외로움이 고개를 불쑥불쑥 내밀 때가 있다.

오빠는 얼마 전에 가장 쓸쓸한 생일을 보냈다. 오빠의 인생에서 지금처럼 사랑해주는 사람 많고 아는 사람 많은 때도 없는데……. 새벽 12시 땡 하면 생일 축하 메시지들이 끊임없이 울리던 게 이전 오빠의 생일 풍경이었다면, SNS도 안 하고 휴대전화도 없는 이번 오빠의 생일 풍경은 여느 날과 같이 기타나 띵띵거리고 있었다.

그나마 늦은 저녁에 〈K팝 스타〉에서 만난 예근 언니가 케이크를 들고 오빠를 축하해주러 왔다. 그리고 팬들이 보낸 선물들이 있어 오빠의 쓸쓸한 생일을 달래주었다. 예근 언니는 현관에 들어서자마자 오빠를 향해 불쑥 말을 건넸다.

"너, 친구는 나 하나밖에 없지!"

"응."

오빠는 짧게 대답했다. 초에 불을 덩그러니 켜고 생일 축하 노래를 부르자니 어딘가 쓸쓸했다. 돌아오는 내 생일이라고 다를까?

오빠가 태어나서 가장 인기가 많았던 생일, 팬들로부터 가장 선물을 많이 받은 특별한 생일이었던 동시에 가장 조용했던 생일, 외로운 생일이기도 했다.

흐린 별님에게라도 '그래 저건 별이야. 인공위성이 아니야. 별님 안녕' 하고 인사를 해야겠다. 너무 외로우니까.

어른들의 사회 ☕

수현

우리는 또래들과 티격태격 장난을 치는 대신 어른들과 마주 앉는다. 일찌감치 사회 속으로 들어갔기 때문이다. 어른들과 지내다보니까 그들 사이에 직급이 있다는 걸 알게 되었다. 선배와 대선배, 대대대선배, 부장님, 사장님, 회장님 이런 것들을 자꾸 의식하게 된다. 사장님보다 팀장님을 더 예우하면 안 되니까 말이다. 그러면 "너네 실수했어"라는 말이 화살처럼 날아올 거니까.

우리는 아직 어린데, 실수에 대한 책임은 어른처럼 져야 한다. 선배들에게 깍듯이 90도로 인사해야 한다. 처음에는 사람들에게 평소에 인사를 하듯 했다. 깍듯한 마음으로 인사를 했지만, 고개를 숙였다 드는 정도였다. 외국에서 살아서인지 사람들과 눈을 보며 인사하는 게 익숙했기 때문이다.

그런데 매니저 오빠가 그런 우리 모습을 보고 자칫 다른 사람들이 오해할 수도 있으니, 선배들을 보면 고개를 더 숙여서 인사를 해야 한다고 얘기해주었다. 나는 전혀 그런 마음이 아니더라도 그렇게 보일 수도 있겠다고 생각했다.

'아, 내가 어른들 사회에 있구나. 나는 아이지만 어른들 사회에 있을 때는 어른처럼 행동해야 해.'

그 이후부터는 나를 제외한 모든 사람을 어른이라고 생각하고 말이나 행동을 조심한다. 거울을 보고 백화점 언니들처럼 허리를 숙여 인사하는 연습도 했다. 덕분에 지금은 인사를 할 때 허리가 폴더처럼 자동적으로 꺾인다.

어른들 사회에 깍두기처럼 끼어 있다보니 친구가 더욱 그립다. 친구와 있으면 힐링이 된다. 친구는 나의 생각에 공감해줄 뿐 아니라 어른들과 있을 때와 달리 오해를 받을 일도 없다. 그리고 무엇보다 재미있다. 내가 몰랐던 것들, 관심 없었던 것들을 친구를 통해 알게 된다. 그냥 만나는 것 자체가 좋고, 만나기만 해도 스트레스가 풀린다.

그런데 어른들의 사회로 끼어든 순간부터 친구가 사라져버렸다. 학교 끝나고 친구들끼리 학교 앞 분식집에서 떡볶이를 먹어보고 싶다. 아침마다 잘 다려진 교복을 입고 학교에 가고, 결혼식 같은 데 갈 때도 교복을 입고 가고 싶다. 교복 치마 구겨질까봐 거꾸로 돌려 입고 수업 시간에 졸기도 하고…….

학교에 다니는 건 상상만 해도 재미있다. 수업 중에 딴짓도 해보고, 쪽지도 돌려보고, 졸다가 선생님에게 들켜 혼나기도 하고. 수업이 끝나면 친구들과 우르르 몰려 집으로 가고, 집에 가서는 문자를 하는 거다. 가끔 친구들이 "만나자"고 전화를 해오면 "학교 때문에 못 만나. 에그, 그놈의 학교!" 하면서 말이다.

또 친구집에 놀러갔다가 우연히 마주친 친구 오빠가 너무도 멋있어서 가슴 설레고, 그 오빠 이야기만 나와도 나도 모르게 얼굴이 빨개진다. 생각만 해도 재미있다.

아침을 깨는 소리 morning

바람들은 makes harmony

저물어가는 달빛은 let it go

여물어가는 romance 꿈꾸고

Hey baby it's comin' new day

새로운 느낌이야 이건

내 또래 친구들에게는 너무나도 평범한 일상이 나에게는 꿈이다. 교복을 입으면 왠지 어른들로부터 보호를 받는 것 같다.

'아직 학생이잖아. 그러니까 봐줘요.'

다들 이렇게 말해주는 것 같다. 혹시 내가 어른들 틈에서 잘못하더라도 누군가 이렇게 편들어주었으면 좋겠다. 악동뮤지션의 이수가 아니라 평범한 중학교 2학년 이수현은 어떤 학생일까?

유리상자 다이어리

수현

어느 날부터인가 사람들이 인터넷에서 내 흔적을 검색하기 시작했다. 그래서 나는 인터넷에 올려진 다이어리를 지웠다.

엄마는 오빠와 나에게 다이어리를 정리하라고 했다. 나는 한동안 지우지 못하고 틈날 때마다 들어가보면서 점점 커져가는 아쉬움을 달 랠 길 없어 참 많이 속상해했다. 아니 어쩌면 속상해, 속상해 하니까 점점 더 속상했던 것 같기도 하다. 그러다 어느 날은 그냥 울어버렸다. 한바탕 눈물을 쏙 빼고 나니 다이어리를 지울 마음이 생겨 다이어리 를 몽땅 지웠다.

오빠도 과거를 한 번에 정리하기는 많이 아쉬웠나보다. 지우기 전 에 다이어리를 컴퓨터에 저장하고 유에스비에도 백업을 해두었다.

엄마는 혹시 악플이 달리거나 저작권에 걸리거나 내 글이 여기저기 퍼다 날라져서 상처를 받는 일이 생길까 우려했다. 나는 엄마의 말이 맞다고 생각하면서도 다이어리를 내릴 땐 심장이 뻥 뚫리는 듯했다. 더 큰 상처를 입지 않으려고 스스로에게 작은 상처를 입히는 나.

다이어리에는 중2병적인 우울한 내용도 있고, 인터넷에 많이 떠돌던 '신데렐라의 구두 어쩌고~' 하는 오글거리는 내용도 있었다.

이런 말들을 보며 나도 공감 댓글을 많이 올렸다. 다이어리는 나만의 또 다른 방이자 세상과 소통하는 공감카페 같은 공간이다. '맞아, 맞아! 네 말이 맞아' '나도 너랑 같은 마음이야'라고 귀엣말을 건네는 듯했다.

몽골 대로변에 있는 웬디 카페에는 다 아는 얼굴이 오지만 그곳은 달랐다. 만약에 내가 몽골이 아니라 한국에서 살았다면 그 공간에 그처럼 애착을 보이지 않았을지도 모른다.

다이어리에 올려놓는 사랑이나 이별 글귀는 사람들에게 나에게 관심을 가져달라는 일종의 외침이다.

'나 지금 너무 외로워요. 좀 위로해주세요.'

'오늘 드라마를 봤는데 누구누구가 너무 좋아요.'

그런데 지금 이런 게 나의 다이어리에 올라와 있다면 "악동뮤지션의 이수현이 누굴 좋아한댄다" "좋아하는 사람이 또 바뀌었더라"라고 화제가 되지 않을까 하는 마음에 조심스러워진다.

그래서 이제는 어디서든 표준어로 '안녕하세요 팬 여러분!'이라고 또박또박 쓴다. 예전에 쓰던 말들, 두근두근 설레는 마음을 표현하던 '설리설리 두준두준' 따위도 쓰지 않는다. 누군가 "두준? 왜 두준 선배라고 안 하지? 윤두준 선배인데 두준 두준 하냐고"라고 할 수도 있어서다.

이제 나에게는 다이어리가 없다. 있어도 더 이상 예전의 다이어리가 아니다. 내 다이어리는 유리상자에 들어 있다. 누군가의 공격으로 깨어질 수 있기 때문에 이제는 공개를 할 수 없다.

나는 아직도 다이어리에 글을 올리고 친구들과 댓글을 주고받으며 이야기를 나누고 싶다. 대신 요즘은 친구들에게 두둠칫 두둠칫 하면서 그림을 그려서 보내기도 한다. 한마디씩 덧붙여지는 뾰족한 말들이 무서워서 다이어리를 가지지 못하는 건 슬픈 일이다. 나는 지금도 친구들과 사람들과 '소통'을 하고 싶다.

말로만 다이어트 👄

수현

의지! 다이어트를 하려면 꼭 필요한 것이 바로 이 의지다. 오죽하면 다이어트라는 말에 '죽음die'이란 단어가 들어갈까? 죽을 만큼 열심히 해야 하는 것이기 때문이다.

문제는 다이어트를 열심히 안 할뿐더러 무슨 일이든 끝까지 하지 못하는 성격이다. 그전에는 꼭 해야지 결심하면 꼭 해낸다고 생각했다. 그런데 알고 보니 나는 웬만한 자극에는 잘 움직이지 않았다. 다이어트를 해야지 하고 백 번도 더 다짐했을 것이다.

오빠는 그런 나를 놀리곤 했다.

"그게 지금 다이어트하는 거니?"

"오빠가 무슨 상관이야? 오빠 일이나 신경 써!"

"다이어트한다는 말을 말든지, 할 거면 제대로 하든지! 만날 다이어트래요, 하지도 못하면서."

엄마가 말리지 않았으면 아마도 오빠랑 싸웠을 것이다. 물론 감정은 이미 '빈정 상한' 상태로 오빠 말에 사사건건 쿠데타를 일으켰지만!

나는 어릴 때부터 먹는 걸 좋아했다. 오빠는 면류를 좋아하지만 나는 치킨, 삼겹살, 쇠고기, 햄 같은 고기를 좋아한다. 아니, 먹는 것이라면 과일에 한식까지 종류를 가리지 않는다. 먹는 걸 앞에 두면 절대로 말을 하지 않는 성격이다. 그것을 다 먹을 때까지.

아마도 연예인이 되지 않았다면 절대로 살을 빼지 않았을 것이다. 친구들이랑 떡볶이집에 다니는 즐거움을 어찌 포기하겠는가.

그런데 연예인이 되자 다들 나의 작은 코는 귀엽다고 하면서 살은 좀 빼라고 했다. 화면에서는 실물과 비교할 수 없을 정도로 통통하게 보인다.

나를 실제로 본 사람들의 첫마디는 "화면보다 날씬하시네요" "화면보다 키가 크시네요"다. 〈K팝 스타〉가 끝나고 어떤 분을 뵈었는데, 그분이 "수현이를 장윤주 같은 모델로 무대에 세워야 해요"라고 했다. 이 말을 한 분은 미스월드 대회와 관련된 분이라고 했다. 엄마는 그 말을 인사치레로 들었지만 나는 감동한 나머지 그 말을 가슴에 아로새겼다.

나는 못난이 인형같이 특이한 얼굴에다 팔다리가 긴 편이다. 날씬하기만 하다면 이 두 가지가 굉장한 매력으로 상승 작용을 일으킨다는 말이다. 이렇듯 살을 빼야 하는 이유가 아주 매력적이다!

그런데 어디 살을 빼는 게 만만하던가! 살은 나를 너무 사랑한 나머지 아무리 미워해도 나를 떠나지 않는다. 그러다보니 그만 마음이 약해져서 살과 이별해야지 하면서도 실천에 옮기지 못했다.

하지만 YG로 회사가 정해진 뒤부터는 내 몸무게까지 관리 대상 목록에 올랐다. YG는 알려진 대로 외모에는 관대한 회사다. 반드시 빼라고 압력을 넣는 건 결코 아니다. 하지만 실물과 화면을 끊임없이 비교함으로써 빼지 않으면 안 되겠다는 마음을 갖게 만든다. 이게 카메라 세례 혹은 카메라발인 모양이다.

다이어트를 결심한 뒤부터 내 귀에는 이런 말들만 쏙쏙 꽂힌다.

"자라는 아이인데, 너무 살을 빼면 안 돼."

"키가 크려면 좀 먹어야지."

당연히 맞는 말씀!

그래서 고기를 적게 먹는 대신 운동을 열심히 하기로 마음먹었다. YG 트레이닝장에서 하는 PT를 아주 열심히 하기로! 체조를 지도하는 코치님이 나의 식단 관리도 같이 하신다. 점심을 시켜 먹을 경우에는 부추비빔밥만 먹게 한다. '이건 소나 염소 같은 반추동물이 좋아하는 건데……'라고 생각하면서도 어느새 보면 밥그릇이 비어 있다. 만약 다른 메뉴를 먹으려면 사진을 찍어 보내서 검사를 받아야 한다. 닭가슴살은 저녁에 꼭 먹어야 하고, 과자와 빵, 칼로리가 높은 짜장면과 염분이 많이 들어간 라면과 떡볶이는 금지 품목이다. 몰래 먹고 싶은 것을 먹으면 오빠가 코치님에게 다 일러바친다. 그러니 한시도 마음 편하게 뭘 먹을 수가 없다.

내가 살을 빼기 위해 땀을 뻘뻘 흘리며 PT를 할 때 오빠는 몸을 불리기 위해 근육 운동을 한다. 고기나 과자를 마음껏 먹어도 되는 오빠가 얼마나 부러운지 모른다. 오빠는 나 때문인지, 아니면 혼자만 먹으려는 건지 늘상 책상 세 번째 서랍에 과자를 숨겨놓는다.

사실 나의 다이어트 때문에 가장 피해를 보는 사람은 오빠다. 오빠가 가장 좋아하는 음식은 짜장면 같은 면류인데, 나 때문에 참아야 하니.

"점심에 짜장면 먹어도 돼요?"

"안 돼. 이수 다이어트 중이잖니."

"저놈의 다이어트 언제 끝나나?"

다이어트를 끝내고 홀쭉해진 나를 가장 기다리는 사람은 아마도 오빠일 것이다.

매일매일 지겹게 부추비빔밥과 닭가슴살을 먹다보면 눈물이 왈칵 날 만큼 그리운 음식이 있다. 그런 날은 기분마저 우울해진다. 그럴 때면 코치님에게 우울함과 슬픔을 가득 담은 이모티콘을 함께 보낸다.

"코치님, 내일부터 PT 더 열심히 할게요. 그러니 제발 오늘 하루만 치킨 먹으면 안 될까요? 코치님을 늘 존경하고 따르는 이수 올림."

다이어트 중 마주친 매콤한 치킨은 그야말로 치명적이다. 그 가사는 오빠가 나를 약 올리기 위해서 쓴 건 아니지만, 나의 상황인 것만은 사실이다. 내가 간절하게 조르면 마음이 약해진 코치님은 허락을 해주신다.

"응, 우리 이수 힘들구나. 딱 두 조각만 먹어."

"두 조각? 그건 너무 적잖아요. 코치님 제발 제발……."

"그럼 네 조각. 더는 안 된다."

나의 애교에 못 이긴 코치님이 아마도 네 조각이라고 했을 때는 닭가슴살 크기가 아닌 한입에 쏙 들어가는 닭강정 크기였을 것이다. 그러나 코치님의 허락이 떨어지는 즉시, 내 머릿속에는 시중에 나와 있는 치킨 브랜드 중에서 치킨 조각이 가장 큰 브랜드부터 순서대로 정렬된다. 나는 코치님의 명령은 꼭 따른다. 다만 한 조각이 닭가슴살 크기인 치킨을 주문해서 먹을 뿐이다.

나는 연예인이긴 하지만 가수여서 정말 다행이라고 생각한다. 만약에 배우같이 몸무게에 예민할 수밖에 없었다면 얼마나 속상했을까!

나와 뮤지션 사이

찬혁

나는 안경을 좋아한다. 내 안에 있는 다른 모습을 꺼내서 액자에 작품처럼 담아주는 것 같기 때문이다. 그전에는 안경을 거의 낀 적이 없지만, 〈K팝 스타〉 본선에 오르면서부터는 안경을 빠뜨리지 않았다. 이너웨어, 풋웨어를 입는 것만큼이나 아이웨어를 챙겨 입는다.

언젠가 안경을 안 낀 채 사람들을 만난 적이 있었다. 박진영 선생님은 내 모습이 낯설어 보였는지 "찬혁아, 너는 안경을 끼는 게 좋겠다"라고 말씀하셨다.

안경을 끼는 이유는 무대에 오를 때 훨씬 멋있게 보이기도 하지만, 지금의 나보다 조금 더 뮤지션답게 보이고 싶어서다. 열여덟의 나에게 뮤지션이라는 말은 아직까지 익숙하지가 않다. 어떨 때는 나의 현실이 아닌 것 같기도 하다. 나는 음악을 시작한 지 얼마 되지 않았고, 보통 음악 하는 사람이면 다 알 법한 용어조차 모른다. 뮤지션이라는 팀명을 갖고 있지만, 아직은 그 이름을 갖기에 음악적 지식이 부족하다. 그런데 안경을 쓰고 거울을 보면 제법 뮤지션처럼 보이는 것 같다. 열여덟의 나와 뮤지션. 안경은 그 사이를 이어주는 고리이자 나의 꿈이 날아가지 않게 붙잡아주는 끈 같다.

조금 고집이 있어 보이는 스타일, 조금 유쾌한 스타일, 조금 파격적으로 보이는 스타일……. 안경을 쓸 때마다 전혀 다른 나를 발견하는 것도 재미있다. 안경을 쓸 때마다 "실례지만 누구세요?" 하고 사람들이 물어봐주면 재미있을 것 같다. 그러면 "순결한 이찬혁입니다", "건방진 이찬혁입니다"라고 상황에 따라서 대답할 텐데 말이다. 내가 한 가지 모습만 있는 게 아니듯 안경도 한 스타일만 고집하면 따분하지 않겠는가!

안경을 썼을 때 이렇게도 보이고 저렇게도 보이는 게 재미있어서 자꾸 사다보니 어느새 안경은 나의 트레이드마크가 되었다. 장소에 따라서 안경을 바꾼다. 순하고 장난기 있어 보이는 자리에서는 동그란 안경을, 음악 이야기를 하는 곳에서는 조금 두꺼운 테의 안경을, 눈에 띄지 않게 친구를 만나러 갈 때는 평범하고 얇은 검은색 안경을, 축제나 튀어야 하는 자리에서는 특이하고 요란한 모양의 안경을 쓴다. 단순히 안경 모양이 멋진 건 의미가 없다. 그 안경을 써서 나에게서 어떤 이미지를 꺼낼 수 있느냐가 더 중요하다.

물론 내 시력은 몽골의 매만큼이나(?) 좋기 때문에 안경은 그야말로 얼굴의 옷일 뿐이다. 내게 필요한 건 내가 만든 이미지를 넣을 액자다. 어느 날부터인가 그 액자가 점점 늘어나더니 마흔 개가 되었다. 그동안 다양한 사람들을 만나 마흔 개가 넘는 내 모습을 보여준 것이다.

수현이와 내가 잘 가는 안경점은 홍대 앞에 있는데, 우리는 그곳에 1년을 다녔다. 2층 계단을 올라가면 멋진 안경들이 "하이" 하고 인사를 하는 것처럼 기다리고 있다. 지금은 웬만한 모양은 다 있어서 새로운 가게를 탐색 중이지만, 안경 하나를 골라 나의 안경 컬렉션에 끼워놓으면 나의 이미지 작품이 하나 늘어난 기분이다.

왜 나에게 저 오빠를! ⊗

수현

오빠와 나는 한 번도 객관적으로 뮤지션으로서의 이찬혁, 이수현에 대해서 생각해본 적이 없다. 우리는 늘 함께하기 때문에 '조화'에만 신경을 썼지, 각자의 능력에 대해서 객관적으로 바라볼 기회는 가지지 못했다. 무엇보다 이찬혁은 나의 오빠이기 때문에 만만하게 본 것도 사실이다.

요즘 피아노와 화성학 공부를 하고 있다. 작곡을 배우면서 보니 피해가야 하는 규칙들이 많았다. 그런데 예전에 오빠가 만든 곡들을 보면 깜짝 놀란다. 오빠는 마치 화성학을 뱃속에서부터 배운 것처럼 피해갈 것은 피해가고, 화성을 이루는 음들은 그 음들끼리 잘 붙여놓았다는 것을 알았다. 그럴 때면 나는 생각한다.

'우리 오빠 진심 작곡 천재였나?'

작곡에 대해서 알면 알수록 더욱 그런 생각이 들었다.

오빠는 균형 감각도 있다. 보컬 트레이닝을 할 때 트레이너의 색깔에 따라서 우리의 노래가 변할 수 있다는 걸 알게 되었다. 트레이너가 "이렇게 내지 마, 이렇게 내봐!"라고 하는 게 우리와 잘 맞지 않았다. 그보다 오빠가 "이럴 때는 이렇게 불러봐"라고 하는 게 훨씬 나았다. 나에 대해서는 오빠가 더 잘 알고, 오빠가 쓴 곡이니까 곡에 대해서도 오빠가 더 잘 안다는 생각이 들면서 오빠가 작곡가처럼 느껴지기 시작했다.

나처럼 다른 사람들도 오빠를 바라보는 시선이 바뀌어갔다. 그 전까지는 다들 "수현이 노래 잘한다" "목소리 예쁘다"고 했는데, 어느 순간부터 "이찬혁 정말 작곡 잘한다"로 바뀌었다. YG 양현석 사장님도 처음에는 "수현 양 혼자만 눈에 띄었는데, 갈수록 찬혁 군의 작곡 능력이 점점 눈에 띈다"는 말로 오빠를 추어올렸다. 아빠는 말할 나위가 없다.

작곡이란 창작의 영역이다. 창작은 사람들에게 새로운 기대를 갖게 한다. 그래서인지 사람들은 창작하는 사람들을 동경하고 높이 평가

한다. 나에게는 오빠가 갖지 못한 목소리, 보컬이라는 큰 장점이 있지만, 오빠의 작곡 능력에 점점 가려지는 느낌이다.

나의 보컬 능력은 무한 변신할 수 있다. 그리고 나는 아직 트레이닝을 덜 받은 '원석' 상태다. 그러니까 아직은 오빠와 비교하지 말아달라고 말하고 싶다. 요즘은 왜 나에게 저 오빠를 주셨나, 살짝 투정도 부려본다. 나의 재능도 오빠 못지않게 소중한 것인데……

"나도 잘하는데, 나는 나는?"

하지만 무대에 한 번 올라갔다 오면 언제 그랬느냐는 듯 오빠를 향해 얄밉게 웃어 보인다.

'오빠가 아무리 노래를 잘 만들어도 무대에서 빛나는 건 나라고!'

수현아, 제발 불러봐줘!

찬혁

내가 비록 나이는 어리지만 '작곡가 이찬혁'에 대해서는 존중해준다. 음악 작가들도, 방송국 선생님들도, 하늘 같은 뮤지션 선배님들도. 정말 감사하게도 내가 쓴 곡들을 달라고 하는 분들도 있다. 그런데 단 한 사람 나를 예외로 대하는 사람이 있는데 바로 내 동생 수현이다.

수현이는 몽골에 있을 때부터 '못된 송아지' 같은 버릇이 들었다. 노래를 불러줄 사람이 수현이밖에 없다보니 곡을 만들면 즉시 수현이에게 달려간다.

"수현아, 이 곡 좀 들어봐줘."

"수현아, 같이 한번 불러봐줘."

수현이는 한 번 두 번 말해서는 절대로 듣지 않는다. 새 노래를 부르는 것보다 자기가 하던 일이 우선이다. 휴대전화를 만지작거리거나

191

게임을 하고 있으면 나를 쳐다보지도 않는다.

"아, 오빠, 나 좀 있다가……."

자존심 상해서 쳐다보지도 말아야 하는데, 나는 당장 노래를 들어보고 싶어서 매달린다.

"제발 와서 한 번만 불러봐줘."

노래가 어떤지 들어보고 그 자리에서 바로 수정을 하고 싶기 때문이다. 수현이는 자신이 하던 걸 다 끝낼 때까지 나를 쳐다보지도 않다가 할 일이 없어 심심해지면 내 방에 온다.

〈K팝 스타〉에 출연할 때도 그랬다. 한시가 급한데, 연습하자고 하

면 농땡이를 부렸다. 자기가 하고 싶으면 하고 하기 싫으면 안 하는 게 수현이 스타일이다. 몽골의 고집 센 망아지와 똑같다!

요즘은 내가 쓴 곡을 다른 사람에게 주겠다고 협박하자 조금 나아지는가 싶더니 여전히 마찬가지다. 보통은 가수가 작곡가에게 잘 보이려고 하는데 우리는 거꾸로다. 목마른 사람이 언제나 우물을 파야 한다.

"오빠 곡을 무시하는 사람은 나밖에 없을 거야."

이렇게 말하는 수현이가 얼마나 얄미운지 모른다. 다른 사람들에게는 "오빠가 작곡은 참 잘한다"고 하지만, 말과 행동이 다르다. 그렇게 작곡 잘한다고 생각하는 사람을, 더욱이 가수가 자신의 방문 밖에 세워두지는 않을 것이다.

'오빠 노래니까 당연히 내가 부를 것이고, 그럼 언제 불러도 되지 뭐.'

분명 이렇게 생각해서다. 그게 얄미워서 연습을 하자고 큰 소리로 부른다. 그리고 대답할 여유도 주지 않고 또 큰 소리로 재촉한다.

"이수! 연습하자? 어? 연스으읍! 여어언스으으읍! 이수우우우!"

그러면 엄마는 예전에는 "아휴, 시끄러워. 소리 좀 그만 질러"라고 하시더니 요즘은 "네가 오빠한테 어지간히 했어야지 오빠가 소리를 안지르지"라며 웃으신다. 진짜 나한테 어지간히 해야지!

하나도 안 궁금해!

수현

자신이 곡을 만들고 노래를 부른다는 건 생각만 해도 멋진 일이다. 사실 작곡은 오빠보다 내가 먼저 시작했다. 그런데 내가 작곡한 곡들은 너무 오글거렸다. 엄마는 괜찮다고 했지만 순전히 자라나는 아이의 기를 꺾지 않으려는 배려에서 나온 말이라는 것쯤은 안다. 우리 집은 뭐든 "잘한다 잘한다" 하면서 진짜 잘할 때까지 기다려주고 밀어주니까. 내가 아마도 진짜로 작곡을 잘할 때까지 "잘한다"고 할 것이다. 부모님과 오빠의 이런 작전을 알기 때문에 나는 작곡을 안 한다.

처음 작곡을 한 건 초등학교 3학년 때였다. 친한 언니와 함께 추억에 남을 노래를 만들기 위해서 "베스트 프렌드 베스트 프렌드 오오오 베스트 프렌드 베스트 프렌드"라는 내용의 가사를 썼다.

그 뒤에 작곡한 노래는 오빠가 작곡을 시작하고 나서 오빠를 따라

한 것이다. 아무리 초등학교 때라지만 어쩌면 가사가 그렇게 유치찬란할까!

오뚝한 코 맑고 깊은 눈동자
나와는 잘 어울리는 코
아기 같은 피부에 비누 향기

내가 작사 작곡한 '그 사람을 아시나요?'란 노래 가사다. 오빠 노래 중에 '사람을 찾아요'란 노래가 있다. 지나가다 누군가를 봤는데, 그 순간에는 지나쳐 갔지만 한눈에 반한 나머지 나중에 '혹시 그 사람 알아요?' 하고 찾는다는 내용이다. 지하철에서 한 번 본 사람을 다시 보고 싶은 경우가 누구나 있지 않을까. 혹시나 그 사람을 만날까 싶어 같은 시간에, 같은 노선을 탄 경험.

나는 오빠 노래를 들은 다음 날, 그 분위기를 슬쩍 베껴서 노래를 만들었다. 만약에 오빠가 아니라면 당장 표절 시비가 일어났을 것이다. 나의 양심도 '이건 아니야'라고 절규했다. 그래서 딱 한 번 가족들 앞에서 노래를 부르고는 기억이 안 나는 척했다.

"수현아, 전에 그 비누 향기 한 번만 더 불러봐."

"싫어. 나 놀리려고 그러지?"

"응."

오빠의 말에 부모님이 고개를 끄덕끄덕하시며 내 노래를 듣고 싶다고 해도 나는 절대로 물러서지 않는다.

"그 노래는 앞으로 잊어주세요. 전 다 잊어버렸어요."

내가 만든 노래들을 기억 속에서 지워버리려고 애를 쓰는데, 오빠는 자꾸만 지나간 부끄러운 기억을 들춰내려고 한다. 내가 멋진 노래를 만들면 모두에게 새겨진 나의 부끄러운 과거가 잊혀질까? 언젠가는 나도 "싱어송라이터예요"라고 당당하게 스스로를 소개하고 싶다.

이런 나와 달리 오빠는 작곡가로서 점점 성장해가는 것 같다. 그래서 오빠가 노래를 만들어서 불러보자고 하면 일부러 안 궁금한 척

딴짓을 한다. 사실은 무척 궁금하다!

더욱이 얼마 전에는 오빠가 솔로곡을 만들었다. 오빠는 평생 나랑 함께하는 노래를 만들 줄 알았는데, 이런 나의 믿음이 무참히 깨졌다. 그걸 알게 되었을 때의 배신감이란! 회사에서 그 사실을 알자마자 아빠한테 당장 전화를 했다.

"아빠, 오빠가 솔로곡을 만들었어요! 저 이제 어떡해요?"

아빠는 오빠가 내 솔로곡도 만들어줄 거라고 달래셨지만, 나는 위기의식을 느끼지 않을 수 없었다.

오빠의 솔로곡은 무척이나 좋았다. 랩곡인데 딱 내가 부르고 싶은 곡이었다. 한 번 들은 오빠의 랩이 머릿속에서 오락가락했다.

"오빠 나도, 나도!"

오빠를 볼 때마다 내 눈이 간절히 말하는데도, 오빠는 모르는 척 무시하고 있다. 그래서 나도 무덤덤하게 말한다.

"오빠, 나 하고 싶은 게 많아. 랩도 하고 싶고, 댄스도 하고 싶고, 일렉트로닉도 하고 싶고……."

내가 말하지 않은 것이 있다. 지금 오빠의 솔로곡 같은 랩을 하고 싶으니 그런 곡을 나에게 써달라는 것이다.

내가 부르는 모든 곡은 어차피 오빠 것이다. 그런데 오빠가 부르는 곡은 내 것이 아니다. 내 것이라면 얼마나 좋을까!

얼음이 조금만 녹아내리면

찬혁

난 열여덟 살이고, 이제 조금만 있으면 나 자신을 책임져야 할 나이다. 가야 할지 말아야 할지 그토록 고민하던 대학에도 가게 될 것이다. 노래를 부르고 만드는 것이 내가 해야 하는 일이 되고부터는 모든 고민이 해결되었다. 나의 꿈은 노래로 사람들을 행복하게 하는 것이고, 나의 일은 노래와 관련된 일, 나의 미래는 그 일을 하면서 나누는 것! 인생이 한순간에 앨범처럼 정리가 되어버린 것이다. 그리고 나는 이제 부모님의 울타리를 벗어나 세상이란 넓은 공간에서 야생의 짐승들처럼 나만의 삶의 영역을 만들어가야 한다.

그동안 나는 부모님이라는 울타리 안에서 보호받고 있었다. 그 튼튼한 울타리는 세상으로부터 나를 지켜주었다. 〈K팝 스타〉를 하면서 그걸 깨달았다.

그동안 좌절도 하고 고민도 했지만 부모님만큼은 아니었다. 내 좌절과 고민의 크기는 우리 가족이 시장에 갔을 때 지고 오는 내 몫의 짐 분량만큼에 지나지 않았다. 우리는 아빠, 나, 엄마, 수현이 순서로 짐을 들고 왔다. 아빠는 늘 남자들이 무거운 짐을 들어야 한다고 했는데, 그때만 해도 나는 조금이라도 덜 무거운 짐을 들고 오려고 했다. 그런데 이제는 내가 조금이라도 더 무거운 짐을 들어야겠다고 생각한다. 성숙해진다는 건 이렇게 자신 몫의 책임을 찾아서 지는 것이다. 수현이는 아직 시간이 많이 남았지만, 나는 주민등록증을 발급받으라는 통지서도 나왔고 곧 성인이 될 것이다.

십대와 어른 사이에 있는 강, 그곳에 놓인 다리 위에 앉아서 나는 어른 쪽을 바라보기도 하고 아직 십대인 쪽을 바라보기도 한다. 어떻게 하면 좋은 어른, 좋은 뮤지션으로 성장할 수 있을까를 고민한다. 스무 살까지는 아마도 다리 위에서 양쪽을 바라볼 것이다.

하루는 아무 생각 없이 기타 코드를 잡고 있는데 수현이가 노래를 흥얼거렸다. 자세히 들어보니 왠지 가슴이 아릿해오는 무언가가 느껴졌다. 노래로 만들고 싶어졌다.

얼음들. 왠지 모를 차갑고 묘한 감정이 들었다. 가사를 써나가면서 멜로디를 좀 더 구체적으로 만들었다. 쓰고 나서 보니 따뜻한 초원에 앉아서 저 멀리 건너편의 녹지 않은 강 얼음과 마주하는 듯했다.

'얼음들'은 그렇게 해서 나온 곡이다. 뭔가 불만에 가득 차서 어른

들의 사회를 비판하기만 한다면 오히려 반항아라고 생각하지 않을까? 그러나 티 없이 맑은 어린아이의 따뜻한 마음과 순진한 눈으로 그들의 마음을 건드린다면, 그 아무리 차가운 얼음도 스르르 녹아내릴 것이다. 마치 오스카 와일드의 동화 〈욕심쟁이 거인〉에 나오는 그 거인처럼.

정원에는 온갖 꽃들과 나무들이 있는데, 거인은 그 아름다움을 혼자만 보기 위해 아이들을 정원 밖으로 내쫓는다. 그때부터 거인의 정원에는 봄이 오지 않고 쌩쌩 찬바람 부는 겨울이 계속되었다. 그때 어린아이의 모습으로 나타난 천사가 티 없이 맑은 목소리로 말을 건넨다. 왜 아이들을 정원에 들어오지 못하게 하느냐고.

얼음들이 녹아지면

조금 더 따뜻한 노래가 나올 텐데

얼음들은 왜 그렇게 차가울까

차가울까요

수현이는 자신이 힌트를 준 곡이라서 그런지 '얼음들'을 무척이나
마음에 들어 한다. 멜로디가 맑고 애잔한 느낌을 주어서 수현이 목소
리와도 잘 어울린다.

열여덟, 남들이 보기에는 아직 어리고 배울 게 많은 나이지만 요즘

은 가끔 내가 어른이 되어가는 것을 느낀다. 어른이 되는 게 좋으면서도 한편으로는 어릴 때의 소중한 그 무언가를 놓치는 것 같은 기분도 든다.

늘 첫마음을 기억할 수 있었으면 좋겠다. 스스로 돌아보면서 자신의 옳고 그름을 깨달을 수 있게 된다면 얼마나 좋을까.

'얼음들'은 그 경계에 있는 나 자신을 돌아보며 나에게 하는 약속이다.

사소한 것에서

찬혁

편의점 한 면을 차지하고 있는 과자 판매대를 몽땅 내 방 한쪽 벽에 들여놓는다면? 편의점에 갈 때마다 이런 상상을 한다. 편의점 한쪽 벽을 몽땅 자른 다음 뚜뚜뚜 레이저 눈빛으로 사뿐히 들어 올려서 내 방 한쪽 벽에 옮겨놓는다면 얼마나 행복할까!

나는 과자를 참 좋아한다. 몸에 좋지 않은 건 다 좋아한다고 수현이가 얄밉게 말하곤 하는데, 그건 수현이가 어릴 때 나와 같은 아픔을 겪어보지 않아서 그렇다.

내가 과자를 좋아하는 이유는 아토피 때문에 초등학교 4학년 무렵부터 과자를 마음껏 먹어본 적이 없기 때문이다. 나에겐 불행히도 금지 음식 리스트가 있었다. 입에 착착 달라붙는 짜장면이 그 첫 번째 대상이다. 먹기 시작하면 언제 먹었는지 모르게 바닥이 보이는데……

MSG와 팜유가 듬뿍 들어가서 바삭바삭하게 부서지는 스낵들. 불어터져도 맵고 짜고 구수한 라면. 불판에서 지글지글 자글자글 익어가는 붉은 고기. "손님, 주문하신 치킨이 나왔습니다"라고 예쁜 알바생이 건네주는 매콤달콤한 치킨. 엄마는 이런 것들을 못 먹게 금지시켜 영원한 나의 트라우마로 남겨놓았다.

몽골에 가서는 그 지긋지긋한 아토피가 나아 과자에 대한 검열이 없었지만, 그곳에서는 불행하게도 한국만큼 맛있는 과자가 없었고 멋진 편의점도 없었다. 적어도 내가 보기에 한국의 편의점은 몽골에 있던 길거리 카페보다 친구들을 만나기에 더 좋다.

편의점에 가면 나의 눈과 코는 그야말로 황홀함에 정신을 못 차릴 지경이다. 과자를 고를 때도 남들보다 시간이 배로 걸린다. 어느 하나를 고를 수 없는 수학보다 머리 아픈 문제. 심각한 표정으로 한쪽 벽면을 가득 채우고 있는 판매대를 바라보고 있으면, 수현이는 내 뒤통수에 대고 말한다.

"유치하기는! 또 옷장에 과자 숨겨놓을 생각 하지?"

그러고는 아줌마처럼 혀를 끌끌끌 찬다.

사람들은 아주 사소한 것, 소소한 것들이 얼마나 큰 행복을 주는지 생각해보지 않는다. 바비큐 맛, 불고기 맛의 칩들과 얇은 감자칩, 오독오독 빼빼로가 내 방 옷장 안에 일렬로 놓여만 있어도 나는 기분이 좋다. 하루 종일 야금야금 아껴가며 한두 봉지씩 꺼내 먹는다. 외롭거나 그저 그렇거나 뭔가 기분 변화가 필요할 때!

그러고 보니 나의 행복은 편의점에만 가도 있다!

정말 아름다운 건 내가 선 곳에 있는데

미처 발견 못하고 지나치는 사람들

쉴틈 없는 달리기에 못 보고 간 꽃들

빈틈없는 지하철에서 옮아온 고뿔

어쩌면 이런 사소한 것에서 세상은 달라질지도 몰라.

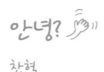

안녕?

찬혁

친구란 또르르 함께 굴러가는 한없이 투명한 물방울이다. 기뻐서 흘리는 눈물도 슬퍼서 흘리는 눈물도 반으로 나눈다. 누군가 아파서 눈물 흘릴 때, 누군가는 그 옆에서 위로의 눈물을 흘려준다. 메마른 세상도 친구가 있다면 반짝반짝 빛나는 눈으로 바라볼 수 있다.

그런데 세상에는 반대로 사는 친구들이 있다. 상처 입히고 모욕하고 폭행해서 영혼을 병들게 하는 자들도 우리는 친구라고 말한다. 이모는 우리가 한국에 올 때마다 학교 폭력과 왕따 이야기를 해주곤 했다. 그런 말을 할 때면 이모의 눈은 힘이 들어가 세모꼴이 된다.

"따돌림을 당하는 친구들이 얼마나 슬픈지, 따돌리는 애들이 그대로 한번 겪어보면 절대로 그렇게 하지 못할 거야."

"따돌리는 애들 말을 안 들으면 되잖아요."

그때 나는 그러기에는 얼마나 많은 용기가 필요한지 몰랐다. 친구에게 말 걸기, 눈빛 한번 주기, 같이 밥 먹기 같은 작은 일도 어떤 순간에는 큰 용기가 필요하다. 내가 낸 용기의 크기만큼 마음이 아픈 친구에게 위로가 전해진다. 내가 용기를 내서 왕따당하는 친구에게 다가가면 그 친구는 더 이상 외롭고 힘들지 않을 테니까.

　　남들과 다르다는 이유로, 남들보다 잘났다는 이유로, 가난하다는 이유로, 못생겼거나 키가 작다는 이유로, 심지어 동정심이 많거나 착하다는 이유로 왕따를 당한다. 한마디로 왕따에는 이유가 없다. 왕따를 시키는 사람이 그렇게 마음먹으면 당할 수밖에 없다. 자신의 선택으로 왕따를 당한 게 아닌 만큼 피해자에게 해결책이 있을 리 없다.

　　몽골에서 누군가가 나를 왕따시키려고 마음먹었다면 충분히 그랬을 것이다. 나는 다른 아이들과 조금 다른 생활을 했으니까. 기본과 원칙을 중요하게 생각하는 부모님 때문에 나는 갖지 못하는 게 많았다. 다른 집 부모들은 몽골 같은 오지로 자식들을 데려온 것을 미안해하며 되도록 하고 싶은 것을 하게 해주었다. 그러나 우리 집은 '안 되는 게 많은 집'이었다. 그런데도 친구들은 내 옆에 있었고, 우리는 서로에게 영향을 미쳤다. 몽골의 한국 친구들이 모두 착했기 때문이다.

　　한번은 친구들이 피시방에 가면서 나에게 같이 가자고 한 적이 있다. 나는 부모님에게 들은 말을 친구들에게 들려주었다. 피시방은 좋지 않은 문화가 많다고. 그랬더니 한 친구가 말했다.

"지금 우리와 같이 안 가면 넌 왕따야."

그냥 친구들 따라갈까 하다가 "그러든지!" 소리치며 집에 왔는데 기분이 영 찜찜했다. 집에 오자마자 아빠에게 억울함을 호소했다.

"그런 친구라면 없는 게 나아."

아빠는 나를 위로하거나 걱정하기는커녕 기본과 원칙을 설명했다. 원망과 걱정으로 뒤덮인 캄캄한 밤, 나 홀로 들판에 서 있는 기분이었다.

'아빠는 혼자가 된다는 게 얼마나 외로운 건지 알까?'

'남과 다르지 않은 평범한 아빠의 아들이었으면 좋겠다.'

밤새 친구들이 진짜로 나와 놀아주지 않으면 어쩌나 걱정하느라 낯선 집에 온 강아지처럼 안절부절했다.

그 뒤 한동안 친했던 그 친구들과 어울리지 못했다. 친구들이 피시방에 가자고 하면 나는 한사코 축구나 탁구를 하자고 했다. 그런데 이상하게 점점 축구와 탁구를 하는 친구들이 많아졌다. 내가 왕따가 되면 어쩌나 걱정했는데, 내가 없는데도 아직까지 정기적으로 축구 모임을 하는 친구들을 보면 다행이라는 생각이 든다.

나에게 "우리와 같이 안 가면 왕따야"라고 말했던 친구도 씩 웃으며 와서 공을 찼다. 그렇게 우리는 겨울이 되기 전까지 흙먼지투성이가 되어 뒹굴었다. 우리 중에서 그 친구가 가장 열렬한 축구 마니아가 되었다. 그 친구는 피시방에 나랑 같이 가고 싶어서 "왕따시킬 거야"라고

말한 것이다.

내가 아는 친구란 어떤 상황에 있든 친구니까 있는 그대로 받아주는 사이다.

이모가 물었다.

"만일 네가 이런 상황이 되면 어떻게 할래?"

"어떤 상황이 되든 혼자가 된 친구를 받아줄 거예요."

"절대로 분위기에 휩쓸리지 말고 왕따당하는 친구의 편이 되어줘. 그게 진정한 친구야."

이모 말대로 그 친구에게는 편이 되어주는 단 한 명의 친구가 다른 열 명의 친구보다 소중할 것이다.

나는 한동안 용기에 대해서 생각했다. 결과적으로 보면 나는 왕따를 당한 적이 없다. 친구들은 "왕따야"라는 말을 내뱉었지만 미안한 마음에 내게 먼저 다가와주었다. 하지만 그 하룻밤, 혹은 며칠 밤이 어린 나에게 악몽을 안겨준 건 잊을 수 없는 사실이다.

지금 어딘가에서 홀로 외로움에 떨고 있는 친구들은 없을까? 누구도 그 마음을 몰라주는 친구들. 존재감조차 없는 친구들. 그들의 마음속엔 지금 이 순간에도 수많은 절망의 절벽이 생기고 있을 것이다. 나는 그들에게 들려주기 위해 '안녕'이라는 곡을 만들었다.

안녕 나는 너를 아는데

너는 나를 모르지

다가갈까 말까 말 걸어볼까 말까

이런 인사가 나올까 이런 날 반겨줄까

오늘도 생각만 하다가 기회는 떠나가

혼자라는 게 얼마나 외로운지 아니

날 피하는 게 보일 때 얼마나 서운한지 아니

Don't hate me

혼자 있는 친구를 보면 미안하다고 먼저 말해주면 안 될까. 그 친구의 고통을 조금만 알아주면 그 친구가 살아갈 힘을 얻고, 절망의 절벽을 건너뛰어 세상으로 나아갈 힘을 얻지 않을까. 왕따를 하는 사람에게 너 왕따시키지 마, 넌 나쁜 애야라고 손가락질을 할 수도 있지만, 왕따당하는 친구에게 한 걸음 다가가주는 것도 그 친구에게 용기를 주는 일일 것이다. 누구나 조금만 용기를 낸다면 할 수 있는 일이다.

모두의 가슴이 조금만 녹아내려도 세상은 재미있고 행복한 곳이 될 텐데……

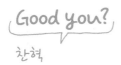

영어는 한때 나에게 9차원 세계에서 온 좀비였다. 내 침대 밑에 좀비가 숨어 있는 것처럼 하루하루가 공포 그 자체였다. 공포를 극복하는 가장 좋은 방법은 자꾸 노출시키는 것이다. 홈스쿨링을 하면서 오전 내내 영어를 공부한 덕분인지, 1년쯤 지나자 잘하지는 못하지만 그렇다고 못하지도 않는 상태가 되었다. 조금씩 하다보니 영어 공부가 재미있었다. 사회 같은 암기 과목은 외우는 걸 잘 못하는 나에게 영어보다 더 괴로웠다.

홈스쿨링을 하는 동안 부모님은 코업Co-op이라고 영어 홈스쿨링하는 곳에 우리를 보냈다. 코업은 영어로 수업을 하는 곳이긴 하지만, 커리큘럼이 있기보다 사람들과 부딪히며 배우는 열린 학교였다. 어린아이부터 열아홉 살까지 다양한 연령층이 섞인 다이내믹한 학교였다. 이

212

곳에서는 이야기도 하고, 소설책을 읽기도 하고, 운동도 하면서 자연스럽게 영어를 익혀나갔다. 무엇보다 학생들 대부분이 외국인이었는데, 그들과 어울리면서 영어가 많이 늘었다.

하루는 한 친구가 내게 물었다.

"제이리, 내일 내 생일인데, 우리 집에 올래?"

"부모님께 물어보고. 아마 가라고 하실걸."

다음 날, 180센티미터가 넘는 노랑머리 아이들이 우르르 우리 집으로 나를 데리러 오자 부모님은 입을 떡 벌렸다.

"설마 오빠 납치당하는 거 아니겠지?"

수현이가 이렇게 농담을 할 정도로 친구들은 덩치가 컸다. 그곳에서 수현이와 나는 꽤나 특별한 대접을 받았다. 동양인이라서가 아니라 새로운 친구였기 때문이다. 우리가 소외감이라도 느낄까봐 무슨 일을 하든 가장 먼저 불러 나의 의견을 물었다.

"제이리, 우리 축구할 텐데 너 올 수 있니?"

"제이리, 농구 할까, 축구 할까?"

그들은 마치 오래전부터 친구였던 것처럼 허물없이 대했다. 그러니 코업에 가는 날 외에도 나는 이런저런 일로 바빴다. 집에서는 SNS를 주고받느라 공부 중에도 딴짓을 했다.

그들과 어울리려면 어쩔 수 없이 영어를 써야 했다. 친구들과 얘기를 할 때는 나도 영어를 잘하는 원어민이 된 것처럼 기분이 좋았다. 나

는 그들 식으로 말했다.

한국에서는 보통 완전한 문장을 배운다.

"How are you?"

"I'm fine, Thank you and you?"

그런데 웬걸, 그 친구들은 "wassup" "How's it going" 이라고 했다. 우리가 배웠던 문법적이지 않은 문장들이 오갔다. 우리는 벙어리가 되고 말았다.

처음에 수현이는 그게 매우 신기했던지 "오빠, I'm fine 하고 and you는 왜 안 하지?"라고 했다.

우리가 "Hi!" 하면 "Hi!"라고 대답하는 것처럼, 그들도 짧게 말하기를 좋아했다. 그 사실을 알고 우리는 의기양양해졌다. 괜스레 나는 수현이에게 "How's it going?"이라고 말을 걸었다.

처음에는 "어떻게…… 그게 가냐고? 무슨 말이지?" 했던 수현이도 이제는 원어민처럼 대답한다.

"Good you?"

영어는 지금 내가 가장 좋아하는 과목이다. 영어에 관심을 가진 건 순전히 그 친구들 덕분이다. 우리는 하루에도 몇 번씩 연락을 주고받았는데, 통화도 하고 SNS로도 말을 걸었다. 그 친구들은 내가 틀리더라도 틀리는 대로 받아주었다. '틀렸으니까 이렇게 고쳐!'라고 하지 않고, '나와 말하려고 하네. 그럼 나랑 친구 될 수 있겠다'라고 했다.

친구란 있는 그대로 받아들여주는 존재다. 그들과 어울리는 동안 행복했다. 무엇을 하든 재미있는 모험이 되었다. 사실 무엇인가를 배우려면 열린 자세를 가져야 한다. 부끄러워하지 않아야 하고, 다른 사람이 나를 어떻게 볼까 생각하지 않아야 한다. 그 친구들과 산속에서 캠핑을 하며 보낸 밤이 오래도록 기억될 것 같다.

part 5
우리 함께 걸어가볼래?

별님 아름다운 별님
나도 어쩌면 별님처럼
빛이 될 수 있나요
나도 누군가의 별이 될 수 있을까
별님 아름다운 별님
될 수만 있다면 나도
빛을 내어 누군가를 바라보는
작은 별이 되고 싶네요
반짝반짝 작은 별님
날 조금만 비춰주세요

이제 어때 좀 봐줄 만은 한가요
동쪽하늘 서쪽하늘 둘러보면
모든 하늘은 그렇게
날 향해 있다죠

저게 인공위성일까
별이었으면 좋겠다
눈에 안 보일 뿐이지
별은 사라지지 않아

열린 성장판

찬혁

공기는 저마다의 색깔과 냄새를 갖고 있다. 몽골에서 3년을 살다 한국에 다니러 왔을 때 나는 다시 한 번 외국인이 되었다. 이번에는 몽골에서 묻혀온 냄새 때문이었다. 이모 집에 들어서는 순간, 이모는 코를 싸매며 샤워부터 하라고 했다. 그날 밤, 우리가 3년 동안 숙성시켜놓은 몽골의 대자연을 씻어내는 작업을 했다.

몽골에 있을 때는 한국에 있는 것들이 많이 궁금했는데, 한국에 오니 몽골에서 우리와 함께했던 것들이 정겹게 느껴졌다. 마치 몽골이 우리의 고향인 것마냥. 오랜만에 한국 친구들을 만나서 놀았더니 몽골 친구들이 생각났다. 몽골 친구들은 한국 친구들과 다르게 논다. 겉으로 보기에는 축구하고 노래하고 춤추고 친구 집에 몰려다니며 노는 게 전부인 것 같다. 친구 집에서는 춤을 추고 뮤직비디오도 찍고 노래를

만들며 논다. 다들 에너지가 넘쳐 옆집에서 조용히 하라고 벽을 두드리곤 한다.

몽골 친구들이 단순하게 논다고 생각했는데, 막상 한국에 오니 이곳 친구들이 더 단순하게 놀고 있었다. 한국 친구들은 피시방이나 노래방, 그리고 쇼핑센터에서 시간을 보낸다. 갈 때는 여러 명이 함께 가지만 가서는 따로따로 논다. 친구들끼리 마주 앉아서도 휴대전화만 만지작거린다.

몽골에서는 어른들과 같은 공기를 마시며 놀았다. 영화를 보더라도 집에서 가족과 함께 낄낄거리거나 잡담을 하면서 봤다. 추운 겨울 이불을 뒤집어쓰고 밤새 영화를 몇 편씩 보다가 지쳐 나도 모르게 잠이 들기도 했다.

그런데 한국에선 그게 아니었다. 팝콘이랑 콜라를 사서 어두컴컴한 극장으로 가서 조용히 친구들과 같이 봤다. 어른들은 물론 친구들 틈에서도 벗어나 끼리끼리 모여 놀았다. 어쩌다 친구들과 노래방이나 피시방에 갔다 와서 옷을 벗으면 담배 냄새와 술 냄새가 났다. 나는 담배 냄새와 땀 냄새가 밴 옷을 빨면서 이건 아니다는 생각을 했다. 그 냄새들 속에서 밝고 시끌벅적한 에너지가 아니라 어둡고 무거운 침묵의 에너지가 느껴졌다.

몽골에 있을 때도 피시방에 가는 친구들이 있었다. 내가 친구들과 어울리려면 피시방에 가야 한다고 조를 때 아빠가 "그런 친구라면 없는 게 나아"라고 강력하게 말씀하신 이유를 알 것 같았다.

십대의 가장 큰 특권은 무엇이든 할 수 있는 열린 성장판이다. 성장판이 열려 있을 때 키도 몸도 마음도 마음껏 자라야 한다. 그래야 더욱 멋진 이십대, 삼십대를 맞을 수 있다. 머지않아 어른이 되고, 그 어른으로 지내는 시간이 훨씬 길다. 그때는 아무리 십대로 돌아가고 싶어도 돌아갈 수 없다. 그러니 십대라는 이 짧은 시기를 십대다운 생각과 행동으로 마음껏 즐겨보는 건 어떨까.

우울한 땐 우유 한 잔

찬혁

누구든 우울한 순간이 있다. 지는 해가 지평선으로 조금씩 사라질 때, 집 안으로 들어오던 햇살이 그만 안녕 하고 가버릴 때, 매운 바람 소리가 창문을 때릴 때, 별다른 일 없더라도 집 안에 감자처럼 웅크리고 있을 때 우울해진다.

몽골의 겨울은 가만히 있어도 자꾸만 우울의 웅덩이에 빠져들게 한다. 밖이 전혀 보이지 않게 쳐진 두툼한 커튼을 보면 걷고 싶지만 그럴 수 없다. 해가 지지 않는 하늘 때문이기도 하고, 유리창을 두드리는 세찬 바람 때문이기도 하다. 밖에 나가지 못한 게 얼마나 되었을까. 어느 날부터인가는 해가 뜨는 줄도, 지는 줄도 몰랐다. 틱툭틱툭 건조한 소리를 내는 분침과 시침만이 시간을 말해줄 뿐이었다. 그런 날에는 뭘 해도 심심했다. 괜히 울적해져서 "우울하니?"라고 스스로에게 나직이 말을 건넸다.

"그러면 우유를 마셔봐."

나도 모르게 꿀꺽꿀꺽 엉뚱한 대답이 흘러나왔다.

우울, 우유, 혀의 뒤쪽에서 나는 소리. 입을 동그랗게 오므려야 나는 '우' 소리가 내 입꼬리에 편안한 미소를 선물해주었다.

말에는 느낌이 있다. 언제부터인가 나는 노랫말을 지을 때 라임을 꼭 넣었다. 라임끼리는 친구 같아서다. 노래를 지을 때 단어를 생각할 때마다 그 느낌을 한 모양으로 본다. 잘 모르겠지만 색깔 혹은 음식처럼 음미한다고 하는 게 비슷할 것 같다. 라임은 그 자체만으로 시가 될

때도 있고, 노래가 될 때도 있다.

내가 만든 노래는 노랫말과 멜로디가 나눠지지 않는다. 무지개의 빨강과 노랑이 연결되어 있는 것처럼, 노랫말을 만들다보면 멜로디가 떠오르고, 멜로디를 떠올리면 노랫말이 떠오른다. 느낌이 있는 라임이 노래를 만드는 씨앗이 되기도 한다. 라임을 만들어가면서 노랫말을 쓰고, 그 노랫말이 다시 멜로디를 만들어내는 꼬리밟기가 계속된다. 여우비, 은하수, 초아, 라라라, 소원, 클로버, 마법사, 잠꼬대, 연금술사……. 나는 감이 예쁜 말들을 부지런히 적는다. 그러다보면 생각지도 못한 단어의 배열이 떠오른다. 작곡가들이 말하는 '라임'이라는 게 나오기도 한다.

'우울'이 '우유'를 만나 어깨동무를 하는 사이가 되니 우울은 어디 가고 그 자리에는 유쾌가 있다. 누군가 "우울하니?"라고 물어주면서 "그럼 우유를 마셔봐"라고 말해주는 것만으로도 조금 위로가 되지 않는가? 우울할 때 수다스러운 위로는 오히려 부담스럽다. 쳐다보는 눈길 한 번, 스쳐 지나가는 손길 한 번, 그리고 따뜻한 우유 한 잔에 오히려 마음이 편안해진다.

'우울하니'란 노래를 만들고 나니까 푹신한 침대에서 푹 잘 수 있을 것 같은 편안함이 몰려왔다. 우울한 느낌이 들려고 하면, 나에게 "우울하니? 그럼 우율 마셔"라고 노래해주면 되니까.

우리 함께 걸어가볼래? ..

찬혁

수현이와 나는 지금 세상이라는 출발선 앞에 서서 먼 길을 떠날 준비를 하고 있다. 그 길이 얼마나 멀지, 시간이 얼마나 걸릴지는 우리도 모른다. 그 시작을 기다리면서 조금 긴장될 때면 몽골에서 아빠와 함께 발이 부르트도록 걷던 때를 떠올린다.

몽골에서 가장 큰 축제라면 단연 나담 축제다. 이 축제를 보러 비행기를 타고 외국 관광객이 몰려온다. 우리 가족도 나담 축제를 보기 위해 관광객 행렬에 끼었다.

나는 잔뜩 기대를 하고 갔다. 그런데 허허벌판에서 열리는 활 쏘기, 말 달리기, 씨름을 몇 시간 보고 나니 점점 지루해지기 시작했다.

아빠가 나를 돌아보며 물었다.

"그만 갈까? 아니면 더 볼래?"

"그만 가요."

나는 지쳐서 느릿느릿 말했다. 여름의 끝인 이 시기가 몽골에서는 가장 절정인 계절이다. 말들이 기나긴 겨울을 대비해 살을 찌우는 이때에 사람들은 얼마 되지 않은 농산물을 수확하고, 살찐 동물을 사냥하면서 축제를 벌인다. 마치 메마르고 추운 긴긴 겨울에 재미있는 이야깃거리를 만들려는 것처럼. 집에 가려는데 아빠가 제안을 했다.

"우리 걸어서 갈까?"

아빠의 얼굴이 '우리 재미있는 데로 갈까?' 하는 것 같아서 거절할 수가 없었다. 수현이와 엄마는 일찌감치 차를 타고 집으로 가버렸다. 아빠와 단 둘이서 뭔가를 해보기는 처음이었다. 아빠는 나담 축제가 펼쳐지는 평원의 경기장에서 곧장 집으로 가지 않고 시내로 들어갔다. 호기심 많은 곰처럼 중국 식품 가게, 햄버거 가게, 옷 가게, 공터, 카페를 기웃거렸다. 그러다 달콤한 냄새가 나면 기어코 집어들었다.

"이거 먹어볼래?"

"아니요."

다음 블록에 가서도 같은 대화가 이어졌다.

"이건 어때?"

"글쎄요, 별로 먹고 싶지 않아요."

우리는 별다른 말을 하지 않고 묵묵히 걸었다. 아빠와 내 그림자가 나란히 가기도 하고, 아빠가 앞서 가기도 하고, 내가 먼저 가기도 했다.

골목길을 걸어가면서 냄새로 어느 가게인지 구분을 했다. 아빠는 나에게 자꾸만 뭔가를 사주려고 했고, 나는 거절했다. 주스 먹을래? 햄버거 먹을래? 아이스크림 사줄까?

내가 거절하면 아빠는 또 다른 뭔가를 제안했다. 아빠는 그만큼 나에게 뭔가를 사주고 싶어 했다. 아빠의 그런 마음이 참 좋게 다가왔다.

걷다보니 우리 가족이 늘 걷는 길들이 보였다. 빵집, 생고기 시장, 식료품 가게. 우리는 이 도시의 골목골목을 걸어다녔다. 차가 없어서이기도 했지만 걷는 것 자체가 좋아서이기도 했다.

어디에서 어떻게 사느냐에 따라 삶을 바라보는 기준도 달라지는 것 같다. 몽골 인들이 한나절 정도 말을 달려 닿는 거리는 갈 만한 곳이고 며칠 말을 달리는 거리가 멀다고 여기는 것처럼, 우리 가족은 한 시간 정도면 걸을 만하고 두 시간 정도면 조금 멀다고 느낀다.

목적지를 빙빙 돌아 아무 생각 없이 걷는 동안 많은 풍경들이 내게 말을 걸었다.

'나 불쌍해 보이지 않니? 겨울 동안 얼었다 녹다보니 이렇게 속까지 깊게 갈라졌어. 그러니까 나를 살짝 피해서 가줄래? 사람에게 밟히는 길도 때로 아파.'

'개똥 좀 치워줘. 내 발이 개똥에 닿을 것 같아. 난 오늘 밤을 못 넘기고 질 거라고.'

'치즈 조각이 왜 나무에 걸렸냐고? 까마귀가 떨어뜨려서야. 까마

귀는 그걸 저 멀리 게르에서 훔쳐왔어.'

'대낮부터 술을 마셨냐고? 아니. 난 지금 비틀거리는 게 아니라 춤을 추는 거야. 누가 같이 춤을 추면 좋을 텐데……'

'나한테 오줌 눈 아저씨, 내가 가만 안 둔다고 전해주렴. 담벼락이 화가 나 있다고.'

그날 아빠와 나는 여섯 시간을 걸었다. 시내를 몇 바퀴 빙빙 돌아서 집으로 왔다. 그야말로 아빠와 나의 발길이 이끄는 대로 걸었다. 냄새와 풍경에 끌려서 한눈팔기를 한 것이다. 발은 발가락마다 물집이 잡힌 채 퉁퉁 부어 있었다. 아마 아빠도 그랬을 것이다.

엄마가 물었다.

"찬혁아, 아빠랑 뭐 했어?"

"그냥요. 그냥 걸었어요."

그날 나는 제대로 씻지도 먹지도 못한 채 잠이 들어버렸다. 아빠와 한 일이 한 가지 더 생겼다. 아빠 느끼기, 그리고 길에서 목적 없이 한 눈팔기.

갈 길이 멀 때, 그 길의 끝이 보이지 않을 때는 아빠와 함께 걷던 그날처럼 무작정 걷는 것도 방법인 것 같다. 아무 생각 없이 걸으며 한눈을 팔다보면 길가에 있는 사물들이 말을 걸어오는 것 같다. 그러면 낯익은 길도 전혀 다른 엉뚱한 곳으로 보인다.

날 위한 축제가 있을지 몰라

찬혁

사람의 능력은 미지의 은하처럼 무한하다고 한다. 내가 꿈을 찾는 데는 많은 시간이 걸리지 않았다. 마음고생하면서 찾은 건 사실이지만, 그 정도 고생이 없었다면 '그것이 과연 내가 찾던 것일까?'라고 반문했을 것이다. 깜깜한 밤이 있어야 별의 반짝임이 보이듯이, 저마다 고난이 있어야 자신이 찾는 것이 보일 것이다. 아니, 자신이 찾던 것이 주어져도 그것이 자신에게 주어진 선물이라는 걸 알아볼 수 있는 내면의 눈이 열릴 것이다.

감겨 있는 내면의 눈이 열리기까지, 열정이 눈뜨기까지, 아니 절망을 넘어서기까지는 긴 여정이다. 수현이와 나는 아직도 여정 중에 있다. 우리는 다른 사람이 보기에는 꿈을 이룬 것 같지만, 여전히 하루하루 의미 있게 살기 위해서 노력한다. 어떻게 하면 목소리를 더 잘 사용

할 수 있는지 수업을 받고, 어려운 화성학도 공부하고 있다. 외국어도 공부하고, 몸을 만들기 위해서 운동도 하고 있다. 노랫말을 더 잘 쓰기 위해서 책도 열심히 보고 있다. 하고 싶은 것을 하기 위해서는 먼저 해야 하는 것이 있다는 걸 알기 때문이다.

〈K팝 스타〉가 끝나고 우승의 감격에 취해 있을 무렵, 수현이와 나는 양현석 사장님, 이하이와 함께 일본에 갔다. 빅뱅 대성 선배님의 콘서트를 보기 위해서였다.

사장님과 함께 가서인지 우리 자리는 2층에 있는 로열석 중에서도 로열석이었다. 콘서트를 보면서 수현이는 '아, 가수란 이런 것이구나'라

고 감동해서 눈물을 흘렸다. 나는 한마디로 '멘붕'이었다. 그때까지 우리가 선 무대는 그지없이 소박하고 작은 무대였다. 이곳에서 무대를 장악하는 게 어떤 것인지, 팬들과 소통하는 것이 어떤 것인지 처음으로 온몸으로 실감했다.

'저 자리에 서기 위해서 얼마나 노력했을까?'

사람들은 대성 선배님을 유쾌하고 친근한 사람으로 보지만 콘서트를 보면 감히 그런 말을 못할 것이다.

"아, 대성 오빠가 저렇게 멋진 분인 줄 몰랐어."

수현이는 옆에서 연신 흥분해서 소리를 질러댔다.

공연 도중 대성 선배님이 마이크를 들고 지드래곤을 소개했다. YG 소리만 나도 객석이 들썩였다. 선배님이 인사를 마치고 앉자 뒤이어 "이하이" 하는 소리가 났다. 그러자 "우아" 하고 또 한 번 들썩였다. 뒤이어 "악동뮤지션"이라고 하자, 우리가 아직 일본에 덜 알려진 때문인지 반응이 반 박자쯤 느렸다. 마치 '쟤네들 누구……?'라고 수군대다가 '일단 YG라잖아, 아하' 하는 것처럼!

나는 그 자리에서 또 다른 은하 너머를 봤다. 꿈이 있는 사람은 쉬지 않는다. 지금 이 순간에도 은하 너머를 향해 걸어가는 사람들이 있을 것이다. 그곳이 얼마나 멀지, 얼마나 캄캄할지 모르지만 함께 걸어가고 싶은 밤이었다. 그곳에 도착하면 분명 이 자리처럼 축제의 자리가 있을 것이다.

K팝 스타와 홈스쿨링은 똑같아!

수현

mp3, 휴대전화, 반바지, 화장품…….

더 이상 내가 갖고 싶은 것들이 아니다. 내가 정말로 갖고 싶은 건 나의 멋진 인생이다. 그래서 하고 싶은 것들이 많아졌다. 웹툰도 봐야 하고, 요리 연재도 봐야 하고, 책도 봐야 하고, 영화도 봐야 하고, 노래도 들어야 하고, 수다도 떨어야 하지만, 영어나 일본어 같은 외국어나 작곡을 배우고 싶어졌다. 나 스스로 계획을 세워서 무엇인가를 해야 할 때가 된 거다. 정말 원하는 것을 하기 위해서.

우리는 새로운 홈스쿨링을 시작한 것 같다. 예전과 다른 점이라면 이번에는 꾀부리지 않고 열심히 한다는 것이다. 시간표도 우리가 직접 짰다. 대학생처럼 자신의 전공에 맞게 선택하는 게 무척이나 좋았다. 우리가 하고 싶은 것, 배우고 싶은 것을 마음껏 할 수 있어 행복하다.

아빠가 늘 하시던 말씀이 생각난다.

'하고 싶은 일이 할 수 있는 일이 되기 위해선 해야 할 일이 있다.'

지금 생각해보면 〈K팝 스타〉와 홈스쿨링은 똑같은 것 같다. 그것을 하는 동안은 분명 힘들었지만, 그 시간들이 있었기에 지금이 있다는 것을 안다. 그런데 이상한 점은 100점 만점에 80점, 70점…… 점수가 매겨질 때는 두렵지 않았는데, 점수가 전혀 매겨지지 않으니 더욱 겁이 난다는 사실이다.

'이만큼 하면 될까?'

순간순간 나에게 묻는다. 자신과 자기 인생을 책임지는 어른이 된다는 것은 두려움과 불안도 떠안아야 한다는 것을 안다. 나는 이제 하기 싫은데 부모님 때문에 억지로 한다는 말도 못하게 되었다. 내가 짠 인생 계획이고, 시간표니까 말이다. 나의 시간표는 빡빡하다. 그런데도 자꾸 더 욕심이 생긴다.

그만큼 힘들지만, 아무리 힘들더라도 불평하지 않고 감사하기로 했다. 꿈을 먼저 발견했기 때문에 그만큼 노력할 기회가 생긴 거니까. 같은 〈K팝 스타〉 출신인 예담이는 학교 수업이 끝나자마자 연습실에 와서 밤 9시에 집에 간다. 초등학생인데도 어른처럼 의젓하게, 묵묵히 자신을 채워가고 있다.

"오빠, 나 학교 다녔으면 공부 안 했을 것 같아. 나랑 안 맞으니까. 난 홈스쿨링이 체질인가봐."

사람에게는 누구나 자신에게 필요한 걸 찾아가는 더듬이가 있다. 십대에는 그 더듬이가 세상을 향해 무한히 열려 있다. 나이가 들면 점점 더듬이가 무뎌질 것이다. 그러니 모든 가능성이 열려 있을 때 무엇을 배울지 선택해야 한다.

십대에는 매력학과에 가는 게 어떨까. 물론 세상에는 없는 학과지만. 나에게 십대는 자신의 매력을 찾아서 노력하는 시간, 이십대는 열정적으로 매력을 발산하는 시간, 삼십대는 멋진 어른이 되어 후회 없이 사는 시간이었으면 좋겠다.

요일마다 업데이트되는 웹툰도 봐야 하지만 검정고시부터 먼저! 친구들과 노래방에 가고 싶지만 보컬 연습부터 먼저! 콩나물 삼겹살이 먹고 싶지만 다이어트부터 먼저! 검정고시에 멋지게 통과하면 그때는 외국어를 꼭 배울 것이다.

어제보다 성숙한 내가 되어가고 있는 것 같다. 언젠가 맞을 주사라면 빨리 맞는 게 낫고 해야 할 방청소라면 빨리 해놓고 노는 게 나은데, 그러려니 정말 바쁘다, 바빠!

공기여 들어라!

수현

악동뮤지션이라는 이름으로 세상에 나온 지 1년이 지났다. 아빠는 일 때문에 다시 몽골에 가고, 엄마는 우리끼리 두면 안 된다며 한국에 남았다. 아침 묵상도 다시 시작되었다. 엄마는 요즘도 아침 묵상 시간에 가끔 말씀하신다.

"얘들아, 우리가 예전보다 더 좋은 환경에서 살고 있지만 언제나 처음 시작했을 때를 잊으면 안 돼."

엄마가 이런 말씀을 하실 때면 나는 '아, 또 시작이야' 하는데, 오빠는 어른스럽게 고개를 끄덕끄덕한다. 첫 시작이라는 말을 들으면 프로튜어먼트 언니 오빠들과 거리 공연을 할 때의 일이 떠오른다.

우리가 대중을 처음 만난 건 길거리에서였다. 그때까지만 해도 우리는 길거리 공연에 대한 막연한 환상을 가지고 있었다. TV에서 본 것처럼 사람들이 마구 박수를 치며 환호해줄 것이라고 생각했다. 우리는 그들에게 들려줄 노래도 열심히 준비를 했고, 깨알 같은 인사말도 손바닥에 적어 갔다.

그러나 막상 공연장에 가니 마이크만 휑뎅그렁하게 놓여 있을 뿐이었다. 그제야 우리는 환상에서 깨어났다.

'아, 우리는 가수가 아니구나. 우리는 그저 이제 노래를 부르려고 하는 사람들이구나.'

우리는 동영상 조회수 몇만 명을 기록하는 끼 많고 엉뚱한 고등학생과 중학생에 불과했다. 우리 공연은 프로튜어먼트 공연팀과 그것을

준비한 관계자들만 진심으로 응원해주었다.

"안녕하세요!"

우리는 허공에 대고 큰 소리로 외쳤다. 그리고 마음속으로는 더 크게 '공기여, 들어라' '빌딩이여, 들어라'라고 외쳤다. 다음에 여기에 다시 올 때는 많은 사람들에게 우리의 노래를 들려줄 거라고 주문을 걸었다.

'여긴 어디고, 나는 또 누구인가. 앞으로 어떤 가수가 될 것인가?'

노래 부르는 내내 그것을 생각하며, 공기와 빌딩이 우리를 잊지 않도록 열정을 다해 불렀다. 아무도 없는 거리에서 우리의 노래를 들어달라고 땀을 흠뻑 흘리며.

이제 우리는 연예인들에게 "사인해주세요"라고 말하지 않고 전화번호를 서로 주고받게 되었다. 예전과 지금, 내가 느끼는 가장 큰 변화다. 하지만 프로튜어먼트 언니 오빠들과 함께하던 그 시작을 잊지 않으려고 한다. 첫 마음이니까.

악동장르 ♪♫

찬혁

오디션을 시작할 때 우리는 수많은 뮤지션 중 하나에 불과했다. 앞으로도 그럴 것이다. 세상에 같은 꿈을 가진 사람이 많다는 데 놀랐다. 그 순간, 우리는 줄 서서 차례를 기다리는 뮤지션이 꿈인 사람들 그 누구와도 닮지 않아야 한다는 것을 깨달았다.

양현석 사장님이 우리 노래를 일컬어 시골에서 고구마를 캐는 아이들이 그린 그림 같다고 했다. 그 말에는 남들과 다르다는 뜻과 다듬어지지 않았다는 뜻이 담겨 있었다. 특이한 애들이니까 그냥 내버려둬 보자고 생각하신 모양이다. 시간이 지나면 자연스럽게 우리의 색깔이 다듬어질 것이라 믿으셨기 때문일 것이다.

그래서인지 회사에서도 특별히 우리에게 요구하는 것이 없다. '너희 마음대로 해, 너희의 능력을 스스로 계발하는 데 필요한 게 뭐야?

그건 다 해줄게'라는 분위기다. 마치 산타클로스처럼 모든 선물이 담긴 자루를 들고 서서 고르라고 한다.

보통 아티스트들은 특정 장르를 고집한다. 그러나 우리는 록이든 발라드든 댄스곡이든 심지어 트로트든 랩이든 특정 장르에 얽매이지 않으려고 한다. 다만 이것들이 우리를 통해 나갈 때는 우리의 색깔을 입는다. 우리는 이것을 '악동 장르'라고 부른다.

많은 분들이 우리 노래에서 '건강한 창의성'이 느껴진다고 한다. 우리에게는 최고의 찬사다. 나는 노래를 만들 때 멜로디도 중요하게 여기지만 노랫말을 무엇보다 중요하게 생각한다. 멜로디에 실려 노랫말의

메시지가 전달되기 때문이다.

우리는 언제까지나 순수한 음악을 하고 싶다. 동요 같은 노래가 아니라 모든 연령층이 듣고 즐길 수 있는 노래 말이다. 그래서 우리 노래를 듣는 사람들이 언제까지나 그 순수한 십대의 마음을 잃어버리지 않았으면 좋겠다.

사실 우리는 날마다 새로운 걸 시도하고 있다. 아침이면 눈을 떠서 '오늘은 뭐 새로운 거 없을까?'를 생각하고, 밤에 잠들 때는 '오늘 우리 걸 잃어버린 건 없을까?'를 생각한다. 우리를 좋아하는 사람들이 뭘 원할까도 생각한다. 그러다가 우리가 정말 원하는 건 뭐였을까를 고민한다.

〈K팝 스타〉를 하기 전에 나는 발음이 불분명하다는 지적을 받았다. 그것을 고치기 위해서 랩을 하든 멜로디가 있는 노래를 하든 일부러 입을 크게 벌려 분명하게 발음하려고 노력했다.

'이렇게 하면 어떻게 들릴까? 내 약점이 좀 고쳐졌을까?'

그때는 그게 최선인 줄 알았다. 그게 약점으로 보였으니까 우선은 고치려고 노력한 거다.

그런데 방송에 나온 내 모습을 보고 발음을 정확하게 하려다보니 느낌이 살지 않는다는 것을 알았다. 이제는 잘 부르려고만 하지 않는다. 노래를 잘 부르는 것만이 음악적 성장이 아닐 것이라고 생각한다. 노래를 잘 부르려고 하다보면 겉멋이 들게 된다. '나 이만큼 잘해. 들어봐'라는 것처럼.

그보다는 '우리 재미있는 노래를 만들었는데 한번 들어보실래요?'
라는, 노래를 만들기 시작했을 때의 느낌을 지키고 싶다. 작곡도 마찬
가지다. 이것저것 너무 많이 생각하기보다는 그저 생각나는 대로 느낌
그대로 만들고 싶다. 물론 아주 즐겁게. 우리는 즐겁지 않으면 하지 않
으니…….

이렇게 음악적 고민을 하는 것, 이것이 우리의 성장통이다. 매일매
일 10톤쯤, 아니 내 몸무게의 100배는 될 듯한 고민을 하는데도 다행
히 즐겁다. 이런저런 생각도 많고 보여줄 것도 많다.

우리가 다른 아티스트나 연예인을 검색하고 찾아봤던 것처럼 우리를 찾는 사람들도 있다. 어느덧 우리도 사람들에게 관심의 대상이 되었나 보다.

"작곡 비법이 뭔가요?"

"……"

그때마다 고개를 숙이고 골똘히 생각하지만 딱히 답이 떠오르지 않는다.

그러면 질문을 던진 사람은 서운해한다.

"에이, 좀 가르쳐주지. 따라 할까봐 그러나?"

나를 좋아하는 분들이기 때문에 아는 것이라면 그것이 무엇이든 다 알려주고 싶다. 그런데 어디서부터 어떻게 설명을 해야 할지 막막하기 그지없다.

나는 우등생이 아니다. 우등생은 가르쳐주면 금방 배워 스승을 능가하는 재능을 보인다. 그런데 나는 단 한 번도 누가 가르쳐주는 걸 제대로 배워본 적이 없다. 처음에는 사람들이 기대를 한다.

"쟤는 가르치면 더 잘할 수 있을 것 같아. 하나를 배우면 열을 깨칠 것 같아."

곧 기대만큼 실력이 늘지 않는다는 사실을 발견하고는 다들 가르치는 걸 포기한다. 그러나 그때부터 나는 시작이다. 스스로 시작해서 뭔가를 발견해나가는 재미!

작곡도 마찬가지다. 나는 작곡 공부를 해본 적이 없다. 그리고 얼떨결에 작곡을 시작한 것이 2012년 1월부터다.

"제가 아는 기타 코드도 몇 개 없었어요. 어떤 코드인지도 모르고 머릿속에서 '아, 이것이다'라는 느낌이 날 때까지 기타를 잡고 음을 하나하나 찾아가다보면 잡혔어요."

내가 이렇게 대답하면 상대방은 무슨 말을 하느냐는 듯이 좀 더 구체적으로 설명해보라고 재촉한다. 그때는 마음을 뒤집어서 햇빛에 부딪치는 먼지까지 다 보여주고 싶은 심정이다.

사람들은 내가 좋은 멜로디를 찾아 머릿속에서 여행을 다니듯 이리저리 헤맨다고 생각하지만, 그냥 편하게 흥얼거리는 것이 내가 생각하는 작곡이다. 요즘은 배운 코드를 더 많이 넣어 좀 더 단조롭지 않은 멜로디를 만들어보려 하고 있다.

코드를 더 많이 넣는 게 좋은 건지 나쁜 건지는 잘 모르겠다. 코드 수가 적으면 후크송처럼 간결한 느낌이 나고, 많으면 보다 풍부하긴 하다. 그런데도 코드를 점점 많이 넣는 이유는 비슷한 노래를 만들지 않기 위해서다. 먼저 작곡한 노래와 전혀 다른 노래를 만들려다보니 점점 복잡해진다. 가사도 직설적에서 비유적으로 바뀌는 중이다.

편곡도 처음에는 화성이고 뭐고 아무것도 모르니까 기타로 만든 샘플링과 함께 요구사항을 적어서 보내면 편곡자들이 편곡해주는 방식이었다. 그런데 미디(음악을 만드는 프로그램)를 배우면서 이제는 내 손으로 편곡을 하게 되었다. 미디를 활용하면 드럼도 칠 수 있을 정도로 다양한 악기의 특성을 경험할 수 있다. 직접 편곡을 하니 내가 원하는 사운드에 좀 더 가깝게 곡을 만들 수 있었다.

사실 처음에 곡을 쓸 때는 누굴 좋아하느냐에 따라서 곡의 분위기가 바뀌었다. 10cm, 장기하와 얼굴들 같은 인디 음악에 푹 빠져 있을 때는 그런 풍의 노래가 나왔다. 지금은 가사에 더 집중하기 위해 이적 선배님과 에픽하이의 노래를 듣고 있다. 그때그때 느낌에 따라서 노래 분위기가 바뀐다. 내 마음이 가는 데 따라 다른 노래가 나온다.

언니들이 예뻐해줄 거야!

수현

우리가 연예인이 될 거라고 상상한 사람이 있을까. 어딜 가도 "아, 수현이구나"라고 아는 척을 하면 하이톤으로 "네" 하고 인사를 하면서도 여전히 두근거리고 쑥스럽다. 그 순간 '아, 내가 YG패밀리가 된 거구나'라는 실감을 한다.

특히 빅뱅 오빠들과 가까이 있다보면 아무 생각이 없다가도 '아, YG에 오길 잘했다'라는 생각이 들었다. 예전부터 빅뱅 노래를 얼마나 많이 들었는지 모른다. TV에 나오면 그토록 감탄을 하던 탑 오빠가 바로 눈앞에 있다니…….

지드래곤 오빠가 콘서트에서 '미싱유'란 곡을 콜라보로 하자고 제안했을 때는 하루 종일 콘서트 생각뿐이었다.

그리고 마침내 지드래곤 오빠랑 그 넓은 체조경기장에서 콜라보를 할 땐 무대에 대해서 새롭게 배웠다.

"떨지 마! 떨 이유가 없어!"

무대에 올라가기 전에 떨고 있으면 스스로에게 이렇게 주문을 건다. 그런데 실제로 그렇게 넓은 무대에 올라가니 너무 눈부셔서 아무것도 보이지 않았다. 다만 수많은 사람들의 응원 함성만 들렸다. 그들이 모두 내 노래를 들으려는 사람들이라고 생각하니 무대가 아무리 크더라도 최선을 다해 부르면 그만이지 무서워할 이유는 없다는 생각이 들었다. 나는 정말 감사한 마음으로 최선을 다해 노래를 불렀다!

큰 무대에 서보니 사람들이 열광할수록 더욱 에너지가 넘치는 이

유를 알 것 같았다. 그게 무대가 가진 힘이었다. 관객들의 열정을 고스란히 끌어다 다시 몇 배로 관객에게 돌려주는 것, 바로 무대에 선 아티스트의 힘이었다.

사실 그날 관객들은 나를 보러 온 게 아니라 지드래곤을 보러 온 것이다. 나에게도 열광을 해준 이유는 지드래곤 오빠와 함께하기 때문이다.

무대에서 노래를 마쳤을 때 오빠가 말했다.

"언니들이 예뻐해줄 거야!"

YG패밀리 팬들이 잘해줄 거라는 말이다.

그 순간 팬들의 함성과 환호가 무대를 가득 채웠다.

큰 무대는 성장통 같다. 두려움도 크지만 그만큼 기쁨도 크고, 다음에는 더 큰 무대에 오르고 싶은 욕망을 부추긴다.

"오빠들도 잘해줘야 해요!"

노력하지 않는 사람은 나가라 ✊

수현

예전에는 노력한다는 것이 무엇인지 몰랐다. 단순히 좋아하는 것을 하는 것과는 다른 것이라는 것, 공부하는 것이 노력하는 것이라고 생각했다.

YG 연습실에 들어가면 항상 보이는 문구가 있다.

'노력하지 않는 사람은 나가라.'

'재능 없는 사람도 나가라.'

그 문구를 보면서 생각했다.

'재능이 없으면 노력이라도 해야 하는구나.'

'재능이 있고, 노력도 하면 더 좋은 것이구나.'

재능이 있건 없건 노력해야 한다는 결론은 마찬가지다. 그런 뻔한 결론을 말하기 위해서 문구를 붙여놓았다고 생각하지는 않는다.

그런데 '미래는 노력하는 사람의 것이다'라고 근사하게 포장하는 것보다는 직설적으로 '안 할 거면 나가'라고 말해주는 게 좋다. 훨씬 효과가 강하다. 문구를 보는 순간 심장이 쿵 내려앉으니까. 아, 진짜 노력하지 않으면 안 되겠구나 결심하게 만든다.

노력하는 사람이 성공해야 한다. 그래야 이 세상이 공평하니까! 세상 모든 사람은 얼마쯤의 재능을 타고난다고 한다. 그 재능을 잘 살리기 위해서는 노력해야 한다.

나는 같은 스타일로 계속 노래를 부르기보다 이렇게 해볼까 저렇게 해볼까 도전하는 편이다. 이렇게 해서 나만의 것을 완성해가는 것도 재능과 노력의 결합이 아닐까. 그래서 생각이 많이 필요하다. 이건 연습을 게을리하는(?) 데 대한 변명이 결코 아니다.

나도 연습해야겠다고 생각할 때는 열심히 한다. 하지만 무작정 연습을 하기보다 스포츠 선수들이 경기 전에 이미지 트레이닝을 하듯 나도 어떻게 노래를 부를지 생각할 시간이 필요하고 그 시간이 참 좋다.

아이가 '엄마'라는 말을 배울 때 6만 번을 들어야 그 말이 나온다고 한다. 그런 식으로 수없이 반복해야 하는 것이 나는 싫다. 말이 좀 늦게 나오더라도 충분히 생각한 다음에 이렇게 말을 할까 저렇게 말을 할까 결정해서 귀여운 목소리로 "엄마" 하고 부르는 게 좋다는 뜻이다. 오빠는 내가 이렇게 생각하는 걸 잔머리 굴린다고 놀린다. 이건 잔머리가 아니라 정말 필요한 생각의 과정이다!

아무튼 결론은 우리는 더 이상 아마추어가 아니고 노래를 부르는 것이 직업인만큼 그에 걸맞은 노력을 하지 않으면 안 된다는 것이다. 다른 친구들이 공부할 때 노래를 부르는 것이 훨씬 좋기는 하다. 그러니까 더 열심히 해야 한다는 사실도 안다.

이렇게 노력하다보면 미래에 뭔가가 되어 있을 것이다. 나는 나의 미래를 낙관한다. 나는 무엇보다 연습실이 내 집인 것처럼 좋다!

우리의 경쟁자는 우리뿐 ^FIGHTING

찬혁

음악을 하면서 세상 끝까지 고속도로를 타고 달려가는 기분이다. 그렇다고 늘 머릿속이 상쾌한 건 아니다. 롱런할 수 있는 대중적인 곡을 만들고 싶다는 욕심 때문에 가끔은 머리가 따끈따끈한 구운 감자처럼 된다.

공기와 자유로운 음전하의 스파크처럼, 나와 멜로디 사이에 스파크가 10분에 몇 번이나 일어난다. 하루에 수만 번의 번개를 맞는 지구만큼이나 나도 전율에 떨고 있다. 그것이 운명이려니 여기며!

대중적이라는 말같이 이중적인 단어는 없다. 흔한 것은 대중적인 것이 아니다. 이미 귀에 익은 흔한 멜로디는 사람들을 사로잡지 못한다. 대중은 늘 새롭고 강렬한 걸 원한다. 새로우면서도 자신의 마음에 거슬리지 않고 듣기 좋은 것이 대중적인 거다. 사람들은 한때 '다리꼬지

마' '크레셴도' 같은 곡들을 좋아했다.

하지만 지금 그것과 비슷한 곡을 만들면 더 이상 듣지 않을 것이다. 그러니까 나는 과거의 영광(?)과 싸우는 전사가 된 기분이다. 비디오 게임도 아닌데, 과거의 나와 현재의 내가 싸우다니! 다른 사람도 아니고 내가 가장 잘했을 때와 싸우는 거다.

"자, 스스로를 넘어봐! 그래야 살아!"

이게 말이 되는가? 그런데 지금 내 앞에 놓인 엄연한 현실이다.

대중은 어제 10의 강도로 좋아했다면, 지금은 10 이상이 되어야 감동한다. 그렇다고 우리를 좋아하는 팬을 원망할 수도 없다. 그들은 우리에게 기대를 가질 수밖에 없다. 기대란 어깨를 짓누르는 가장 무거운 짐이다. 그럴 때면 엄마는 말씀하신다.

"찬혁아, 〈K팝 스타〉를 생각해라. 미션!"

좋은 곡을 만드는 미션. 나는 의지 하나로 이 어려움을 이겨나가겠노라고 눈을 뜨는 순간부터 다짐한다. 그러면서 한편으로는 수현이가 부럽다.

'수현이는 정말 좋겠다. 목소리를 선물로 받아 이런 고민 안 해도 되니.'

그럴 때면 괜스레 수현이가 얄미워 딴죽을 건다.

"너 연습 좀 해? 연습 왜 안 해?"

"응, 난 느낌대로 부르는 게 좋아. 연습 너무 많이 해도 느낌이 망가

지는 것 같아."

본전도 못 찾는다. 연습을 많이 하는 것도 좋지만 느낌도 연습 못지않게 중요하니 강요할 수는 없는 문제다. 노래를 어떻게 부를지는 수현이의 숙제이고, 나의 숙제는 어떻게 만들까다.

세상의 수많은 목소리 중에서 우리 목소리가 잘 들리게 하려면 분명 대중적이어야 한다. 그리고 우리만 만들 수 있는 음악이어야 한다.

수현이가 정말 좋은 가수라고 느낀 적이 있다. 우리가 부른 노래들을 따라 부르는 동영상을 봤을 때다. 어느 누구도 우리와 같은 맛을 내지 못했다. 특히 '매력있어'같이 끝이 고음인 노래들은 누구도 수현이를 따라 하지 못했다. "어~" 하고 고음으로 올라가는 부분에서 다들 힘을 주거나 한참 뜸을 들인 다음에 올라간다.

수현이와 내가 처음으로 함께 노래를 부른 건 2년 전이다. MK스쿨에서 장기자랑이 있었는데, 홈스쿨링 기간이었지만 우리도 참가했다. 그리고 인기상을 받았다. 다들 두 사람의 조합이 훌륭하다고 했다. 나는 그때까지 노래를 못 부른다고 여기고 있었는데, 수현이를 받쳐주다 보니 얼떨결에 내 몫을 훌륭히 수행한 것이다.

"수현아, 천상의 목소리를 줄 테니 너 혼자 노래해라!"

만약에 하나님이 이렇게 말씀하신다면 수현이는 "아니요"라고 말할 거라고 한다. 혼자서 잘 부르는 것보다 이렇게 나와 조화를 이루는 게 훨씬 좋기 때문이라나.

오늘도 나는 수현이 음역대에서 수현이를 가장 매력적으로 보일 수 있는 곡을 만들기 위해 열심이다. 수현이는 은근히 내가 자신에게 맞춰주기를 바란다. 자신이 부르는 부분이 돋보이기를, 그리고 어떤 파트에서 자신이 돋보일지를 본능적으로 안다. 그 파트는 내가 하고 싶어도 절대 양보 안 한다. 좋다, 수현이가 목소리를 높일 때는 나도 맞춰준다. 사실은 말로는 욕심을 부리지만 그건 수현이를 애태우게 하려는 거고, 속으로는 수현이가 부르면 훨씬 좋겠다고 생각하기 때문이다.

하지만 나의 소심한 복수가 있다는 것을 수현이가 알랑가 몰라. 그것은 되도록 내 파트가 먼저 나오게 하는 것이다. 지금 우리는 가장 좋은 파트너이자 가장 좋은 라이벌이기도 하다. 앞으로도 당분간은 나의 라이벌은 수현이고, 수현이의 라이벌도 내가 될 것 같다.

그런데 재미있는 사실은 우리가 팽팽하면 팽팽할수록 노래가 더 재미있게, 맛깔나게 나온다는 사실이다. 앞으로도 수현이는 자신의 파트만큼은 자신이 가장 잘 부를 것이다. 그러고도 남을 수현이다. 그렇다고 나도 절대 존재감 없이 그냥 있지는 않을 테다!

별은 사라지지 않아 ⭐

찬혁

다시 아침, 서울의 하늘은 흐리다. "작은 별, 너 어딨니?" 하고 아직 캄 캄한 밤인 것처럼 별을 부른다. 우리의 통신수단은 눈빛이다. 뻑뻑한 눈 을 깜박, 깜박, 깜박거리며 숨어 있는 것들을 부른다. 아무한테도 말하 지 않을 거다. 찾게 되더라도 "나 지금 어디 있게요" 하고 숨어버린 별에 대해서. 음반 작업은 별을 찾는 것 같다. 내가 만든 70여 곡 중에서 어 울리는 별들을 불러모은다. 밤하늘은 어제와 오늘의 구성이 다르다.

악동뮤지션이라는 남매 듀오가 과분한 사랑을 받아 음원도 좋은 성적을 얻고 광고도 찍게 되어 대중들이 알게 되었다. 사람들이 우리의 존재를 일찍 알게 된 건 기쁘고 감사한 일이지만, 우리가 어떤 뮤지션 인지 좀 더 여러 각도에서 알려지지 않은 건 아쉬운 일이다.

우리 음악이 발신되는 주소지는 어디일까. 나는 1년 동안 이것을 생각했다. 내가 하는 일은 일생을 통해 가로등을 켜고 끄는 일을 하는 것보다는 덜 고단한 일이다. 다만 첫 음반에 들어갈 곡들을 별 닦기를 하는 기분으로 반짝반짝 윤이 나게 열심히 닦을 뿐이니까.

어느 날 커다란 사과 하나가 반쪽으로 톡 갈라졌다. 다음 날 다시 반쪽으로, 다시 반의 반쪽으로, 반의 반의 반쪽으로 쪼개지는 시간들을 견디고 있다. 왠지 모르게 아릿하고 아프지만 뭔가 풍성해진 기분도 든다. 쪼개면 열두 조각, 스물네 조각, 아니 더 많은 조각의 사과가 된다. 그 사과 조각들은 모으면 다시 온 사과가 되는 것처럼, 첫 번째 곡 '갤럭시'부터 마지막 곡 '물 만난 물고기'까지 다시 더해 동그란 사과가 되게 퍼즐을 맞추고 또 맞춘다.

음반 작업은 노래를 만드는 것과 다르다. 노래는 이미 몇 개의 음반을 내어도 될 정도로 만들어놓았다. 그중에서 첫 번째 음반에 딱 맞는 노래를 고르는 일은 악동뮤지션을 세상에 알리는 아주 중요한 일이다.

사람들이 악동뮤지션을 떠올릴 때 노래 몇 곡이 아니라 커다란 어떤 이미지를 떠올렸으면 좋겠다. 뮤지션이란 그렇게 음악의 이미지가 떠오르는 사람이 아닐까. 뮤지션으로 인정받는 첫 관문이 바로 음반 작업이기 때문에 나는 하루 또 하루 이 작업을 손에서 놓지 않았다. 첫 번째 곡부터 마지막 곡까지 모두 자기 자리에 잘 들어갔다는 느낌, 그래서 어느 곡 하나를 더할 수도 뺄 수도 없는 꽉 짜여진 완성. 이건 작곡과는 또 다른 창작이다. 곡 하나하나를 다듬는 게 아니라 전체 분위기를 다듬어나가야 하니까. 뮤지션이 되기 위한 나의 미션은 몇 달을 두고, 아니 1년을 두고 진행되었다.

마침표의 다음은 다시 문장의 시작이다. 그리고 또 마침표가 생긴다. 얼마나 많은 마침표를 찍으며 가야 할까. 오늘 하루도 또 마침표 다음의 시작이다. 마침표 다음의 다음의 다음의 다음의 시간들에 올 노래를 기다린다. 사람들은 모를 거다. 내가 그 사이사이에 소중한 것들을 숨겨놓았다는 사실을. 작은 별처럼 "나 어디 있게요, 찾아보세요"라고 말하고 있다는걸.